TOUT CE QUE NOUS AURIONS PU ÊTRE
TOI ET MOI SI NOUS N'ÉTIONS PAS TOI ET MOI

Albert Espinosa est né à Barcelone de 1973. Atteint d'un cancer, il perd une jambe, un poumon et un morceau du foie, et passe une grande partie de sa jeunesse à l'hôpital. Puis, il connaît le succès en tant que scénariste et acteur. *Tout ce que nous aurions pu être toi et moi si nous n'étions pas toi et moi* est son premier roman.

ALBERT ESPINOSA

Tout ce que nous aurions pu être toi et moi si nous n'étions pas toi et moi

TRADUIT DE L'ESPAGNOL PAR CHRISTILLA VASSEROT

GRASSET

Titre original :

TODO LO QUE PODRÍAMOS HABER SIDO TÚ Y YO
SI NO FUÉRAMOS TÚ Y YO
Publié par Grijalbo, 2010.

Prologue

« *Le garçon fascinant* »

Nos tigres boivent du lait
Nos faucons vont à pied
Nos requins se noient dans l'eau
Nos loups bâillent face à des cages ouvertes

Non, ce n'est pas moi qui l'ai écrit, mais chaque fois que je pense à lui ce poème me revient en mémoire et je me sens heureux, courageux, ça m'aide à me sentir plus sûr de moi, plus à l'aise et en paix. Ça me donne franchement le sourire, mon sourire numéro 3, un de mes sourires préférés, qu'il connaît si bien. Il a le don de savoir combien de visages tu as, combien de regards, de respirations, de mimiques ou de sourires, et ce que chacun d'entre eux signifie. Il a aussi le don de distribuer l'humilité, le bonheur, la sincérité, l'amour et la vie aux personnes qui l'entourent et qu'il aime. Il trouve toujours les mots justes, et les expressions du visage qui vont avec. Il est fascinant et surprenant.

Quand je l'ai vu pour la première fois, j'ignorais qui il était, je savais seulement qu'il allait à un rythme effréné, qu'il était un adolescent fasciné par la vie à l'intérieur du corps d'un garçon plus âgé, qui donne toujours des explications en cinq points, en passant du temps à expliquer les points numéros 1 et 2 avant de passer aux numéros 3, 4 et finalement 5, tout en accompagnant son explication de dessins griffonnés au coin d'une page, d'un journal ou d'une serviette en papier.

La première fois que vous vous verrez, il te serrera la main ou il te fera la bise, mais pour te dire au revoir, à l'issue de cette première rencontre, il te donnera probablement une accolade digne d'un ours.

Cela ne fait pas très longtemps que je le connais, mais le temps que nous avons passé ensemble a été intense ; nous l'avons passé à travailler, à rire, à parler, et puis il y a eu des moments magiques, où nous nous sommes serrés dans les bras l'un l'autre, il y a eu des cadeaux et aussi des larmes. Je l'ai mieux connu et aujourd'hui, il nous suffit de décrocher le téléphone, de nous écouter à l'autre bout du fil pour savoir ce qui se passe dans la tête de l'autre. C'est le début d'une amitié longue et immortelle qu'un jour, en nageant dans cette vaste mer qu'est la vie, j'ai trouvée à l'intérieur d'une huître qui contenait cette perle fascinante et brillante, pas jaune mais de toutes les couleurs, et qui s'appelle Albert Espinosa.

Albert a écrit là un roman plein de magie et d'amour, où nul ne connaît de limites quand il s'agit d'être avec la personne de son choix. Un monde de personnages fascinants, capables de cesser de rêver mais surtout pas d'aimer : *Tout ce que nous aurions pu être toi et moi si nous n'étions pas toi et moi.*

Selon lui, la vie revient à pousser des portes. Pour ma part, j'attends juste que la vie m'emmène devant de nombreuses portes, qui me transporteront dans de nouveaux endroits, sur de nouveaux chemins, vers de nouvelles expériences, et je sais que chaque fois qu'une nouvelle porte se dressera devant moi, j'aurai un ami en qui j'ai confiance, que je pourrai prendre par la main pour avancer avec lui ; et si un jour il ne peut pas m'accompagner, je lui demanderai conseil. Ne me lâche jamais la main, Albert.

ROGER BERRUEZO, ton premier étrange(r)
Acteur

1.

Des cerfs à tête d'aigle

J'aime dormir, c'est peut-être ce que j'aime le plus dans cette vie. Et si j'aime tant ça, c'est peut-être parce que j'ai du mal à trouver le sommeil.

Je ne suis pas de ceux qui s'endorment à peine la tête posée sur l'oreiller. Pas plus que je n'arrive à m'endormir en voiture, ou dans un fauteuil d'aéroport, ou allongé sur la plage à moitié ivre.

Mais après la nouvelle que j'avais reçue quelques jours auparavant, j'avais besoin de dormir. Tout petit déjà, je pensais que dormir éloigne du monde, rend invulnérable à ses attaques. Seuls les gens éveillés, ceux qui ont les yeux grand ouverts peuvent se faire attaquer. Nous qui disparaissons dans notre sommeil, nous sommes inoffensifs.

Mais j'ai bien du mal à me laisser aller au sommeil. Je dois avouer qu'il me faut toujours un lit pour dormir, je dirais même plus : il me faut *mon* lit. Voilà pourquoi j'ai toujours admiré ces gens qui s'endorment deux secondes après avoir posé la tête sur n'importe quelle surface. Je les admire et je les envie… D'ailleurs, est-il possible d'admirer ce que l'on n'envie pas ? Ou est-il possible d'envier ce que l'on n'admire pas ?

Il me faut mon lit. Voilà une bonne définition de ma personne, ou disons de mon sommeil. Par ailleurs, à mon avis, la chose la plus importante dans la vie de chacun, c'est son lit. Non, pardon, son oreiller.

On m'a parfois posé cette question inutile : Qu'emporterais-tu sur une île déserte ? Et je me dis invariablement : mon oreiller. Pourtant, pour une raison que j'ignore, je finis toujours par répondre, en utilisant deux adjectifs bien peu judicieux : un bon livre et un grand vin.

Le fait est qu'il faut des années pour s'approprier un oreiller, des centaines de nuits de sommeil pour lui donner cette forme à nulle autre pareille, qui nous entraîne vers le sommeil.

À la longue, on apprend à plier l'oreiller pour que notre sommeil touche à la perfection, à le tourner de façon à ce que la température ne dépasse pas celle qui nous plaît. On reconnaît même son odeur après une bonne nuit de sommeil. Si seulement nous pouvions en savoir aussi long sur les gens que nous aimons et qui dorment à nos côtés.

Quoique, je dois l'avouer, je ne croie pas à l'amour. Autant que ce soit clair entre nous. Le fait de s'aimer, je n'y crois pas ; mourir d'amour, je n'y crois pas ; soupirer après quelqu'un, cesser de manger pour ce quelqu'un, je n'y crois pas.

En revanche, j'ai toujours pensé qu'une part de nos cauchemars, de nos problèmes et de nos rêves est blottie au cœur de nos oreillers. Voilà pourquoi nous les enveloppons dans des taies : pour ne pas voir les traces de notre vie. Personne n'aime voir son reflet dans un objet. Nos voitures, nos téléphones portables, nos vêtements en disent tellement long sur nous…

Cela devait faire quatre heures que je m'étais endormi quand on a sonné à ma porte cette nuit-là.

Je ne laisse presque aucun « son en veille » pendant que je dors.

Il y a des tas de sons en veille dans nos vies pendant que nous sombrons dans nos rêves : téléphone fixe, téléphone portable, interphone, réveil, robinets mal fermés, ordinateurs… Des sons qui jamais ne prennent de repos, des sons toujours en alerte. Soit on les éteint, soit ils envahissent notre propre repos.

Allez savoir pourquoi, ce dimanche-là, je n'avais pas coupé l'interphone. En fait si, je le sais parfaitement, je savais que cette nuit-là j'allais recevoir le paquet qui devait changer ma vie. Et la patience n'a jamais été mon fort.

Tout petit déjà, si je savais que quelque chose de bien devait m'arriver le lendemain, je ne pouvais pas fermer l'œil de la nuit. Je gardais mes volets ouverts pour que l'aube vienne me frapper en plein visage, histoire que le nouveau jour arrive au plus vite et que mon sommeil ne dure que le temps de quelques publicités. Oui, les rêves m'ont toujours fait penser à des films publicitaires ou à des bandes-annonces, plus ou moins longs, plus ou moins brefs. Tous parlent de nos désirs. Sauf que nous n'y comprenons rien, comme s'ils avaient été tournés par David Lynch.

Mais revenons-en à nos moutons : je suis un impatient, je le sais et j'aime ça. Bien que l'impatience soit considérée comme un horrible défaut, dans le fond nous savons tous qu'elle est une vertu. Un jour, le monde appartiendra aux impatients. Du moins je l'espère.

L'interphone a sonné une deuxième fois, s'immisçant dans mon sommeil profond. Je me souviens que cette nuit-là mon rêve était peuplé de cerfs à tête d'aigle. Oui, j'adore mélanger les genres, me sentir un peu comme Dieu dans mes songes.

Créer des créatures nouvelles, assembler les parties des unes et des autres, ou faire en sorte que des gens qui ne se connaissent ni d'Ève ni d'Adam s'avèrent des amis intimes. J'adore quand, dans mes rêves, des gens dont je n'ai jamais été proche font intimement partie de ma vie. Il m'arrive de penser que les rêveurs sont des violeurs : ils violent l'intimité, ils violent le langage avec lequel ils s'expriment, ils violent telle ou telle image à leur gré.

Combien de fois n'ai-je pas fait en rêve l'amour avec une personne sans oser la saluer le lendemain, craignant que mon « bonjour » ne laisse transparaître la « bonne nuit que nous avons passée ».

Le monde irait peut-être mieux si nous racontions nos rêves érotiques à ceux qui en ont été les héros.

Cela dit, à l'époque où il m'a été donné de vivre ça, c'était impossible. Je n'imaginais pas moi-même que ce jour-là bouleverserait mon monde et sans nul doute celui des autres. Ce sont des jours qu'il conviendrait peut-être de signaler en rose fuchsia sur le calendrier. Histoire de bien souligner le fait qu'il est des instants à partir desquels rien ne sera plus jamais comme avant, des instants qui nous transpercent tous à l'identique, engendrant ainsi des souvenirs collectifs. Ce serait alors à nous de décider si cela vaut la peine de sortir du lit un jour fuchsia.

Mon oncle a vécu le 11 septembre 2001 ; il avait vingt-deux ans quand c'est arrivé. Il raconte que le moment le plus impressionnant a été celui où il a vu en direct la collision du deuxième avion. Il se demandait toujours : « Le deuxième avion a-t-il sciemment tardé avant de s'écraser pour laisser à toutes les télévisions le temps d'annoncer la nouvelle de la collision du premier ? Ou bien a-t-il pris du retard, empêchant les deux impacts d'avoir lieu simultanément comme prévu ? » Ça le travaillait. Il voulait savoir si les responsables de cette opération avaient voulu que le monde entier allume la télévision et assiste au deuxième impact ou si tout cela n'avait été qu'une macabre coïncidence. Il lui arrivait de répondre lui-même à sa question : « La première solution est la bonne, la méchanceté humaine n'a pas de limites. » Et je vous jure que ses yeux étaient alors baignés d'une immense tristesse.

Mais revenons-en au jour dont je vous parlais, le jour où le paquet m'est parvenu, le jour où je rêvais de cerf à tête d'aigle. Je me suis réveillé parce que la bête me fixait avec son regard d'aigle sous ses bois de cerf, comme si elle était en train de calculer la meilleure façon de se jeter sur moi et de m'arracher les yeux avec ses sabots de cerf-aigle…

Mais, soudain, une lumière rouge a fait irruption dans mon rêve, ses yeux se sont mis à clignoter et une sonnerie s'est déclenchée, la même que celle de mon interphone. J'ai mis quinze secondes à trouver l'erreur et à m'extirper de mon sommeil. Peut-être un peu moins en fait, je ne saurais l'affirmer avec exactitude. Le temps, dans les rêves, est un mystère, il est tellement relatif…

Mais je crois que ces décalages ont du bon. Parfois, on découvre un faux raccord et on continue à dormir, tout simplement parce qu'on n'a aucune envie de se réveiller. Ce qui prouve bien que des tas de gens préfèrent dormir au lieu de vivre, même s'ils savent pertinemment que la réalité dont ils sont en train de faire l'expérience est fausse.

Je ne suis pas de ceux-là, je n'aime pas me rendre compte que ce que je ressens est un rêve. Si je perçois ce genre de discordance, je me réveille illico.

L'interphone a encore sonné, mais sans causer d'interférence cette fois car j'étais en train de me réveiller. J'ai jeté un coup d'œil sur ma montre : trois heures du matin, pile poil l'heure à laquelle ils avaient promis d'arriver.

Je me suis levé sans prendre la peine d'enfiler mes savates. Il est des moments dans la vie où il faut s'avancer pieds nus vers la porte, comme si l'instant n'en était que plus épique.

Et celui-là méritait de l'être : on venait m'apporter le médicament qui mettrait fin à mon sommeil, qui me permettrait de vivre vingt-quatre heures sur vingt-quatre sans avoir à me reposer…

Comme prévu, son arrivée avait perturbé mon assoupissement. Elle avait déchiré de haut en bas mon imagination fictionnelle.

Et désormais, ce serait pour toujours.

2.

Ma mère m'a abandonné
et moi j'ai décidé d'abandonner
le monde

Je suis allé jusqu'à l'interphone, j'ai aperçu à l'écran un garçon thaïlandais d'environ vingt-cinq ans, vêtu de façon décontractée, accompagné d'un homme plus âgé, qui devait avoir dans les soixante-dix ans, avait l'air hollandais et portait un costume gris. Ils auraient tout aussi bien pu avoir vingt et soixante ans. Ne faites pas attention à ce que je dis, je n'ai jamais été bon pour déterminer l'âge des gens. Pour ce qui est des nationalités et des sentiments, en revanche, je vise plutôt juste.

Question âge, je crois tout ce qu'on me dit, même si c'est faux. Si quelqu'un me dit avoir trente ans et que ça m'a l'air raisonnable, je le crois, même s'il est plus proche de la quarantaine. Je crois que l'âge ne sert pas à grand-chose dans cette vie. Ma mère disait que l'âge véritable se loge dans le ventre et dans la tête. Les rides sont juste le fruit des soucis et de la mauvaise alimentation. J'ai toujours pensé qu'elle avait raison, alors j'ai tout fait pour avoir le moins de soucis possible et pour bien me nourrir.

J'ai remarqué que généralement les gens se sentent bien quand ils me parlent de leur âge. Je leur réponds : « Je pensais que tu étais plus jeune. » Ça les rend fous de joie, quand je leur dis ça, et aussi quand je leur parle de leur peau bronzée : ils m'en sont extrêmement reconnaissants. Si tu dis à quelqu'un : « Je pensais que

21

tu étais plus jeune et qu'est-ce que tu es bronzé », la folie atteint des sommets.

Celui qui est étonnant, c'est le fils de mon cousin, maintenant âgé de six ans. Chaque fois qu'on lui demande de deviner l'âge de quelqu'un de plus de vingt ans, il le regarde, l'observe bien attentivement et répond : « Dix ans. » Que tu aies soixante-dix, cinquante ou vingt ans, pour ce gosse, tu en as dix. Le fait que tu aies un âge à deux chiffres signifie pour lui que tu es vieux. Ça n'est pas totalement dénué de sens : quand on n'a qu'un chiffre, la perspective d'en avoir deux, c'est le bout du monde.

Moi-même, quand je vois quelqu'un de très âgé, je me dis : « Il doit avoir cent ans. » Trois chiffres, c'est le comble pour quelqu'un qui en a deux. Il n'y a pas grande différence entre un adulte et un enfant : un chiffre de plus ou de moins, voilà ce qui nous sépare.

J'ai senti mes pieds refroidir mais je ne suis pas retourné chercher mes savates dans la chambre. Quand on a pris la décision d'être épique, on doit s'y tenir. Sinon, on peut aller se rhabiller !

J'ai attendu impatiemment que l'ascenseur parvienne à mon étage. La loupiote rouge clignotait et je me suis rappelé les cerfs à tête d'aigle. Leurs yeux clignotaient à l'identique. Je me suis senti nerveux. Je me suis touché l'œil gauche tout doucement. Je faisais toujours ça quand j'étais nerveux ou que je mentais ; mais depuis que je m'en étais rendu compte, j'évitais de le faire en public.

Je me suis senti bien seul durant l'attente. À dire vrai, je ne m'attendais pas à passer tout seul ce moment épique.

Quand on a l'intention de changer une part essentielle de soi (en l'occurrence j'allais cesser de dormir), on ne devrait pas se retrouver seul. On devrait avoir quelqu'un à côté, une personne qui nous dise : « Ça va être génial, c'est un grand jour pour toi. »

N'est-ce pas ce qui arrive chaque fois qu'on prend une décision importante ? Quand on se marie, il y a toujours des gens autour de nous pour dire ce genre de choses. Même quand on est sur le point de signer un crédit sur trente-cinq ans pour acheter un appartement, il y a toujours quelqu'un pour lâcher la phrase qui va nous donner du courage. Ou quelqu'un pour nous souhaiter bonne chance juste avant que l'infirmier nous emmène en salle d'opération.

Mais moi, je n'avais personne pour m'accompagner dans ce moment. J'ai toujours été un solitaire.

Bon, je crois qu'il est important que je vous raconte ce qui m'est arrivé il y a quelques heures. D'ailleurs, je me demande bien pourquoi je ne vous l'ai pas raconté avant…

En fait si, je le sais : parfois, on tourne autour du pot pour ne pas attaquer le mal à la racine. Surtout si le mal est tellement douloureux qu'il est susceptible de faire tomber l'arbre.

Ma mère est morte hier.

On m'a appelé de Boston, où elle était en tournée. Sa dernière tournée. C'était une chorégraphe reconnue et elle avait toujours passé le plus clair de son temps hors des frontières du pays. Toujours à créer, toujours à imaginer des mondes, toujours à vivre par et pour son art… Parfois, quand j'avais du mal à comprendre les raisons pour lesquelles elle travaillait autant, elle me rappelait une phrase de James Dean à propos de la vie des gens de théâtre : « Je ne veux même pas être le meilleur. Je veux seulement monter si haut que personne ne pourra m'atteindre. Je n'ai rien à prouver, je veux juste arriver là où on mérite d'arriver quand on se consacre corps et âme à quelque chose. »

Et c'est ce qu'elle a fait. À vrai dire, quand j'ai appris hier que ma mère m'avait abandonné, j'ai pris conscience du fait que j'allais à mon tour abandonner le monde.

J'ai décidé que le monde avait perdu son attrait et j'ai cessé de croire en lui, car personne ne l'avait retenue ; le monde ne s'était même pas arrêté de tourner et il n'avait pas été scandalisé par sa perte.

Je ne veux pas dire par là que j'ai eu envie de me suicider ou de disparaître de ce monde. Mais il fallait que quelque chose change, que quelque chose se modifie, car je ne pouvais plus vivre dans le monde tel que je le connaissais.

Ma mère s'en était allée et la douleur était insupportable. Je vous jure que je n'avais jamais rien ressenti de tel.

Mais n'allez pas croire que c'était la première mort qui me tombait dessus. Parfois, les premières morts sont si intenses qu'elles semblent insurmontables. J'ai dû en affronter plusieurs tout au long de ma vie. Ma grand-mère, qui m'a toujours passionnément aimé, est morte il y a trois ans, et ça aussi ça a été un choc dans ma vie. Durant les dernières années, elle ne se souvenait presque de rien, mais elle était toujours émue de me voir quand j'allais lui rendre visite. Son bonheur était si grand quand elle m'apercevait, qu'elle en hurlait d'émotion. Je me sentais tellement aimé… Je l'ai beaucoup pleurée.

Je me rappelle qu'un soir, à Capri (j'adore les îles, quand j'y vais c'est pour mon plaisir, et plus elles sont petites mieux c'est ; elles me donnent l'impression d'exister), ma copine de l'époque s'est réveillée en pleine nuit et m'a surpris en train de pleurer à chaudes larmes parce que je me souvenais de ma grand-mère. Cela faisait à peine deux mois qu'elle était morte. La fille m'a lancé un regard d'une tendresse que j'ai mis du temps à retrouver chez un autre être humain. Elle m'a enlacé de toutes ses forces (rien à voir avec le sexe ou l'amitié : c'était une étreinte de douleur). Je me suis laissé faire. J'étais tellement défait que je l'ai laissée me serrer de toutes ses forces. Et pourtant, d'habitude, j'évite ce genre de situation : j'aime être celui qui enlace, pas celui qui se laisse enlacer.

Mais là, c'était bien elle qui m'enlaçait tout en murmurant : « Ne t'en fais pas, Marcos, elle savait que tu l'aimais. » Ce qui m'a fait pleurer de plus belle.

J'ai éclaté en sanglots. J'ai un faible pour cette expression. On n'éclate jamais de faim ou de froid. En revanche, on éclate de rire ou en sanglots. Il est des sentiments qui justifient qu'on vole en éclats.

Je n'ai pas réussi à me rendormir cette nuit-là, à Capri. Elle si, elle s'est endormie dans mes bras, entre mes bras. Mes larmes ont fini par sécher et quelques mois plus tard c'est notre relation qui a pris fin.

J'aurais cru que le jour de la rupture elle reparlerait de cet instant, de cette étreinte qui était parvenue à apaiser mon chagrin. Si elle l'avait fait, je serais resté six mois de plus auprès d'elle. Tout cela peut ressembler à de la froideur ou à du calcul, je le sais. Une étreinte réconfortante contre six mois de supplément de vie commune sans amour ? À la vérité, pour moi, c'est ce que ça vaut : j'ai fait le calcul. Pas un calcul mathématique mais sentimental. Mais elle n'a pas fait le moindre commentaire et je lui en ai su gré.

J'ai toujours pensé que je l'avais perdue par bêtise, mais je ne le lui ai jamais dit. J'ai su que, plus tard, elle s'était mariée à Capri et je l'ai pris comme un clin d'œil, même si ce n'était peut-être qu'une simple coïncidence.

Jamais je ne lui ai dit qu'elle était la personne que j'avais le plus aimée, et c'est pour cela que je l'ai perdue. Prononcées à voix haute, certaines paroles sont susceptibles de révéler des secrets d'une intensité que nous serions peut-être incapables d'assumer.

Pour ma part, je n'ai jamais pu raconter à personne qu'il m'arrive de pleurer toutes les larmes de mon corps en pensant à la mort de ma grand-mère. J'ignore si les gens comprendraient ; j'ignore si les gens essaieraient de comprendre.

Et pour ce qui était de ma mère, je n'avais encore averti personne. Je n'avais parlé de sa mort à aucun de mes proches. Les gens comprennent ce qu'ils veulent, ce qui les intéresse.

Tout cela peut laisser entendre que j'ai quelques griefs contre la société, et il est vrai qu'à cette époque j'en avais.

Les portes de l'ascenseur se sont ouvertes juste au moment où la douleur devenait insupportable. Le jeune Thaïlandais décontracté et le vieux Hollandais en costume en sont sortis.

Le jeune homme tenait une mallette gris métallisé, de celles qu'on utilise pour transporter un objet précieux. Ils m'ont observé de haut en bas. Je crois qu'ils ont été surpris de me voir pieds nus. Ou peut-être pas… Pour être franc, chaque fois que je me sens différent, j'ai l'impression que le reste du monde s'en rend compte, mais en fait la plupart des gens ne se rendent compte de rien.

Je me souviens d'une chanson qui disait : « Les beaux gosses sont hors norme, tout le monde le sait mais personne n'ose le dire tout haut. Et puis ils ne s'aiment pas, ils sont complexés d'être différents. » J'ai toujours aimé ces paroles, je sais que cette affirmation est parfaitement fausse mais j'adore penser qu'être beau n'est pas la panacée. Moi, je ne le suis pas, c'est une évidence. Et si je l'étais, je n'aimerais pas cette chanson.

Ma mère disait que je ressemblais beaucoup à James Dean. Les mères sont comme ça. Cela dit, des années plus tard, j'ai croisé une bonne douzaine de personnes qui étaient du même avis. J'ai connu James Dean à Minorque. Pas physiquement : sa voiture s'était écrasée des années plus tôt. Je me souviens que ma mère devait jouer sur cette île et que la pluie l'en avait empêchée.

Nous étions descendus elle et moi dans un hôtel de Fornells et nous regardions la pluie transformer un éventuel dimanche à la plage en une interminable journée d'attente.

Ma mère m'avait demandé si je voulais connaître une étoile, une de celles qui traversent le firmament à toute vitesse mais dont tout le monde se souvient ébloui. Du haut de mes douze ans, je n'avais qu'une envie : voir des étoiles filantes ou n'importe quoi d'autre, pourvu de me divertir un peu en cette journée pluvieuse.

Alors nous sommes allés voir *À l'est d'Eden*, *La Fureur de vivre* et *Géant*. Toute sa filmographie en une seule soirée ; ce n'était pas bien compliqué. À la fin de *Géant*, j'ai ressenti ce que ma mère avait prédit : une étoile filante inoubliable avait traversé ma vie.

Je n'ai jamais vraiment su si je ressemblais pour de bon à James Dean ou si le désir de lui ressembler m'avait peu à peu forgé à son image. Un peu comme ces chiens fascinés par leurs maîtres et qui finissent par leur ressembler.

J'ai toujours prétendu que James Dean n'était pas beau mais magique. Et que l'on confondait sa magie avec la beauté.

Le jeune homme à la mallette argentée, lui, en revanche, était beau. Il avait les cheveux noirs, très noirs. J'ai toujours aimé les cheveux aux couleurs franches. Encore un point qui me fait défaut : mes cheveux sont châtain délavé. La fille qui m'avait enlacé à Capri disait que j'avais des cheveux superbes, mais je n'ai jamais vraiment su si elle le pensait pour de bon. Je suis plutôt méfiant quand on me fait des compliments au lit.

— Pouvons-nous entrer ? a demandé le jeune homme aux cheveux noirs sans même prendre la peine de se présenter.

— Bien sûr, bien sûr, ai-je répondu en m'y reprenant à deux fois.

Le vieux Hollandais a gardé le silence. Ils sont entrés.

Une fois le seuil franchi, ils sont restés immobiles. Ce genre de politesse m'a toujours semblé étrange, surtout quand il n'y a qu'un chemin possible pour aller de l'entrée au salon. Les gens qui font ça me rappellent des souris de laboratoire qui attendent qu'on leur indique où est le fromage. J'ai donc pris les devants et je les ai conduits jusqu'au salon.

Les assiettes du dîner de la veille se trouvaient encore sur la table basse. Je ne prenais toujours que trois repas par jour. De façon quelque peu irrationnelle, j'ai failli relever le store, mais il faisait nuit et cela n'aurait servi à rien.

Ils étaient sur le point de s'asseoir sur le canapé quand soudain je me suis dit que je n'avais aucune envie de les voir s'installer dans mon salon. Après tout, je ne les connaissais pas vraiment. Une voix m'a soufflé de ne pas les laisser faire.

— Et si on sortait plutôt sur la terrasse ? leur ai-je suggéré, sur un ton qui ne laissait guère de place à l'hésitation.

Le vieil homme a regardé le plus jeune, qui semblait d'accord. C'est alors que je me suis rendu compte que ce dernier était son garde du corps.

Ils ont accepté par mesure de sécurité mais aussi, j'en suis sûr, parce qu'ils n'avaient pas très envie de s'asseoir face aux restes de lasagnes d'un inconnu.

Ils ont à nouveau attendu poliment que je leur montre le chemin, ce que j'ai fait le plus aimablement du monde. C'étaient deux petites souris fort dociles.

J'ai vécu dans neuf appartements différents au cours de ma vie. Déménager ne m'a jamais pesé. Ma seule exigence était que le suivant ait une terrasse plus grande que le précédent. Pour moi, c'est ça le progrès : une plus grande terrasse et une plus belle vue. Depuis ma terrasse, on pouvait apercevoir la place Santa Ana, l'une des plus fréquentées de Madrid et, surtout, l'une des plus belles où il m'ait été donné de vivre. Je ne saurais dire ce qu'elle a de spécial mais la présence du Teatro Español sur l'un de ses côtés contribue à ce que la magie se propage aux quatre coins de la place.

À l'époque encore, quand je regardais cette place à trois heures du matin, j'étais toujours surpris de la vie qu'il y avait là. Toutes les boutiques ouvertes, des enfants en train de jouer sur les balançoires, des mères en train de boire un café en compagnie d'autres mères et toutes sortes de gens en train de savourer leur rem. Le rem était un nouveau repas, créé tout récemment. Des tas de gens expliquaient que c'était le plus important de la journée. Je ne sais pas, peut-être que oui. Pour qui envisage de passer vingt-quatre heures sur vingt-quatre éveillé, le rem peut éventuellement devenir le meilleur moment pour se nourrir.

Il était trois heures à ma montre. J'ai toujours eu une minute d'avance. Je vous l'avais bien dit : je suis impatient. C'était l'heure à laquelle on pouvait apercevoir des gens bien habillés courir pour ne pas arriver en retard à leur travail. La journée de travail, ou plutôt l'une d'entre elles, commençait à trois heures et demie du matin.

Cette place était un véritable chaos, mais quoi de mieux que cette folie pour recevoir le traitement ? La même folie que celle qui m'attendrait une fois que je me le serais administré.

Je crois bien que le vieil homme n'a même pas jeté un coup d'œil sur la place. Il a posé la mallette sur la table de jardin blanche qui se trouvait en plein milieu de la terrasse.

À cet instant précis, j'ai pensé à ma mère, à ce qu'elle dirait si elle savait qu'au moment où elle est morte j'ai pris la décision de me faire une piqûre pour ne plus dormir.

Désormais, pour moi, le monde devait être différent, je ne voulais pas que sa mort hante mes rêves, j'avais besoin que les jours ne soient plus les mêmes qu'avant, quand elle était à mes côtés.

Une larme a coulé le long de ma joue. Les deux hommes ont cru que j'étais ému de recevoir le traitement. S'ils avaient su la vérité, je crois qu'ils ne l'auraient pas comprise.

Je suppose qu'ils avaient une mère, mais à première vue ça n'était pas évident.

Le vieil homme introduisit sa main dans la mallette. Dans quelques secondes, j'allais savoir à quoi ressemblait la Cétamine, le traitement qui, depuis neuf mois, avait rendu notre monde complètement fou.

3.

Se mettre dans la peau du voleur
en train de chercher et de la personne
en train de cacher

Quand la main du vieil homme est ressortie de la mallette métallique, ses doigts tenaient deux petites seringues, ces seringues sans aiguille qui perforent la peau va savoir comment. Elles étaient de la taille de ces vieilles cartes mémoire que mon oncle avait toujours sur son bureau. Lui, il appelait ça des clés USB.

J'étais soulagé de constater que ce ne serait pas une piqûre. Je n'ai jamais aimé les piqûres, ça me fait peur. Ma mère disait toujours qu'elles étaient l'occasion de faire un vœu, mais on aura beau en chercher les aspects positifs, le fait qu'on pénètre dans notre peau à l'aide d'une aiguille ne sera jamais agréable.

Le plus âgé des deux hommes m'a tendu ces deux étranges capsules, mais au moment où j'allais les attraper, il ne m'a pas laissé faire. C'était un peu comme la scène du couloir, mais à l'envers. Cette fois, c'était lui qui connaissait le chemin, les pas à suivre, et il n'avait pas l'intention de me délivrer ce traitement sans les indications requises.

Il avait l'air consciencieux. Ces gens-là sont les vrais ennemis des impatients. Je n'avais qu'une envie : m'injecter le produit dans les veines ; mais lui, il voulait probablement m'informer de tous les détails. Il m'a regardé tellement droit dans les yeux que j'ai dû détourner mon regard.

— Tu sais comment ça marche… ? m'a-t-il demandé en insistant sur chacune des syllabes de cette phrase.

J'aimais la délicatesse et le ton de ce vieil homme, un peu plus doux que celui de son jeune accompagnateur. Il avait visiblement envie de nouer des liens avec moi. Ce qu'il ignorait, c'est que je n'avais plus la moindre envie d'avoir des amis, et ce depuis fort longtemps. J'avais épuisé depuis des années mes réserves de sociabilité.

— J'imagine qu'on se l'injecte et puis basta, non ?

— Oui… En théorie, ça se passe comme ça. On se l'injecte et puis basta. Mais dans la pratique, c'est un peu plus compliqué.

— Qu'est-ce que vous voulez dire par là ?

— On s'assoit ? a très aimablement demandé le vieil homme.

J'ai immédiatement su qu'il ne fallait surtout pas que je m'asseye, qu'il ne fallait surtout pas que je l'écoute, que j'avais juste à prendre cette seringue et que le reste suivrait. Mais j'aimais le ton sur lequel cet homme s'adressait à moi, il me rappelait un curé qui me parlait de Jésus quand j'étais petit. Je l'écoutais bouche bée. Je croyais tout ce qu'il m'expliquait : les dogmes, les miracles et la foi. Jusqu'à ce que ma grand-mère soit à l'article de la mort, alors j'ai tellement prié que j'ai usé je ne sais combien de Notre Père, d'Ave Maria et de Credo. Ma grand-mère est morte et j'ai découvert que ce curé m'avait enseigné des formules soi-disant magiques mais qui en fait ne servaient à rien, à rien du tout.

Je me suis assis à côté du vieil homme. Il a éloigné les seringues de mon champ de vision, comme s'il voulait que je me concentre sur sa voix, sur ce moment qui était le sien. On aurait dit un magicien de fête foraine.

Il y a des gens qui savent qu'ils vont vivre un grand moment, alors ils en profitent… Les poissonniers, par exemple, quand on leur demande de nous conseiller un poisson sans arêtes. Ou les dermatologues, quand on leur montre d'un air inquiet un grain de beauté un peu trop noir. Ils savent que ce moment est le leur. Même la femme de ménage qui vient chaque jeudi et qui me gronde parce que la poussière s'est accumulée dans des zones inaccessibles, même elle, elle est consciente du fait que je suis obligé de l'écouter.

— Comment tu t'appelles, mon garçon ?

Pendant que le vieil homme s'efforçait de mieux me connaître, son jeune acolyte a allumé une cigarette et tourné les yeux vers la place, montrant peu d'intérêt pour cette conversation qu'il avait probablement déjà entendue des milliers de fois.

— Marcos, ai-je répondu poliment.

— Marcos, je sais que d'après la publicité, si tu veux cesser de dormir, tu n'as qu'à t'injecter le contenu de la seringue et petit à petit tu remarqueras de menus changements, et puis un jour tu parviendras à ne plus dormir du tout.

— Oui, c'est effectivement ce que dit la publicité.

— Bien, maintenant il faut que tu saches que c'est à la fois vrai… et faux.

Après avoir lâché cette sentence, il a marqué une pause des plus théâtrales. Alors j'ai décidé que j'avais envie de fumer. J'ai demandé une cigarette au jeune homme. Depuis des années, les cigarettes ne sont plus ce qu'elles étaient. Mon oncle, qui était un fumeur invétéré, a arrêté quand ma grand-mère est morte d'un cancer. Par la suite, *les cigarettes ont abandonné les gens*, on leur a retiré toute la nicotine. Aujourd'hui, les cigarettes ne sont plus que des bonbons qui font de la fumée.

Toute une génération les a détestées, mais la nôtre, celle qui a découvert les classiques avec Humphrey Bogart à la télé, a parfois envie de fumer pour imiter les héros en noir et blanc.

Il m'a aimablement tendu une cigarette et je l'ai allumée très lentement. C'était un instant unique, un instant classique en noir et blanc.

— Que voulez-vous dire par là ?

J'ai recraché toute la fumée que j'ai pu à la fin de ma question.

— Que tu cesseras bel et bien de dormir si tu le prends, que ton corps récupérera quand il sera en mouvement. Mais il faut aussi que tu saches ce que cela aura comme conséquences. Comme pour tout ce qui nous arrive dans la vie, c'est d'abord ta tête qui doit accepter le changement, tu comprends ?

Je n'ai jamais apprécié la démagogie, ni ces « tu comprends » condescendants. Je ne supporte pas que les gens soient condescendants à mon égard. Et lui encore moins, vu son métier.

Il n'en savait rien, mais j'ai été extrêmement agacé de constater qu'il doutait de mes motivations. Je n'ignorais pas ce que j'étais sur le point de faire, j'étais parfaitement conscient des changements que ça impliquait et de ce que ça signifiait. Bref, il m'a tout simplement gonflé avec son petit discours à la noix.

— Vous êtes en train de me demander si je sais ce que je suis sur le point de faire ?

— Oui, plus ou moins.

Et il m'a à nouveau regardé droit dans les yeux.

— Je le sais, je vais arrêter de dormir. Et c'est ce dont j'ai envie. Ça vous suffit ? ai-je répondu sans une once de sympathie dans la voix.

À présent, c'était lui qui me regardait d'un air méprisant : ce moment était le sien, il n'avait pas envie qu'on s'en débarrasse à la hâte.

En fait, il ne supportait pas la vraie simplicité, et moi, je ne supportais pas la fausse complexité.

— Ça me suffit. Nous devons vérifier que l'usager a bien compris ce qu'il va faire. Vous avez l'argent ?

Son ton a changé lorsqu'il a abordé l'aspect financier de la chose. Il a cessé d'être doux, il est devenu âpre. Son regard a cessé de m'observer attentivement ; j'avais cessé d'être intéressant à ses yeux.

Je suis allé chercher l'enveloppe avec l'argent. En liquide. Ils se faisaient toujours payer en liquide car, au début, les gens s'injectaient le produit puis ils annulaient le chèque ou la transaction avant de disparaître dans la nature. Et puis après, même si on les retrouvait, comment leur enlever ce qu'ils avaient gagné à vie ? Cesser de dormir, c'est comme l'immortalité : si on nous la donne, comment nous la retirer ?

Voilà pourquoi ils se faisaient payer en liquide.

J'avais la somme chez moi depuis la veille. Je l'avais retirée à la banque dès que j'avais appris la mort de ma mère. Je m'étais rendu à l'agence qui se trouve au rez-de-chaussée de mon immeuble, je n'avais même pas eu besoin de sortir dans la rue.

Il était autour de onze heures du soir quand j'avais retiré presque toutes mes économies. Une fois chez moi, je ne savais pas où les mettre. On allait m'apporter les seringues dans quelques heures mais j'avais peur que quelqu'un entre pour me voler pendant mon sommeil.

J'avais mis un certain temps à trouver une cachette. Je ne sais pas si vous avez déjà été confronté à ce problème : cacher de l'argent chez vous. C'est compliqué, parce qu'on réfléchit à la fois comme celui qui est en train de le cacher et comme le voleur qui est en train de le chercher.

On pense avoir trouvé l'endroit idéal mais au même instant on se met dans la peau d'un voleur et là, on se rend compte que c'est le premier endroit où on irait chercher.

Chaussettes, souliers, fond d'un placard, recoins, dalles du sol, armoire de la salle de bain… Tous ces endroits semblent brillamment trouvés, puis en un clin d'œil on se dit que ce sont des cachettes bien trop évidentes.

J'avais mis deux heures à trouver l'endroit idéal. Il fallait que ce soit un endroit impensable aussi bien pour le propriétaire de l'argent que pour le voleur. Et dont je me souviendrais facilement. Combien de fois n'a-t-on pas tellement bien caché des choses de valeur qu'ensuite on n'a plus été capable de les retrouver…

Je suis allé tout droit vers mon oreiller, j'en ai retiré la taie et j'ai récupéré la petite enveloppe blanche qui contenait tout mon argent. Comble de l'ironie, c'est dans l'oreiller que se trouvait la clé pour cesser de dormir.

Je suis ensuite retourné sur la terrasse. Les deux hommes ne parlaient pas. J'en ai déduit qu'ils ne se supportaient pas. J'ai imaginé une dispute entre eux deux, pour une histoire d'argent, une incompatibilité d'humeur ou une sombre histoire de fesses. J'ai tendu l'argent au plus âgé. Il l'a immédiatement confié au plus jeune, qui s'est mis à le compter.

Puis à le recompter. Puis encore une troisième fois.

Personne n'a dit un mot pendant que l'opération de comptage se répétait, personne n'a regardé personne, seul le brouhaha de la place inondait l'air ambiant. Le brouhaha de ceux qui ont réussi. L'argent criard et en mouvement.

— Le compte est bon, a décrété le jeune homme, comme s'il n'avait pas eu besoin de s'y reprendre à trois fois.

Le vieil homme m'a tendu les deux seringues. Je les ai prises et j'ai pu constater que sa main était froide. Je n'ai pas aimé ça, je n'ai jamais aimé les gens qui n'ont pas de chaleur dans le corps.

— Profites-en, m'a-t-il simplement dit, sans le moindre entrain dans la voix, histoire que je n'aille pas croire qu'il pensait vraiment ce qu'il disait.

— Merci. J'espère que vous retrouverez la sortie.

Je sais, ce n'était pas très poli, j'aurais dû les raccompagner, mais je n'avais pas envie de revenir sur mes pas, de retourner jusqu'à la porte, d'attendre l'arrivée de l'ascenseur et de dire au revoir.

Ils m'en ont été reconnaissants. Ils sont repartis. Ils avaient encore probablement des tas de gens à réveiller, des tas de gens qui voulaient cesser de dormir.

Je me suis assis sur la chaise que le vieil homme avait froidement abandonnée, j'ai continué à fumer, expulsant de toutes mes forces la fausse nicotine de mes poumons immaculés.

Dans ma main gauche, je serrais les deux seringues. De toutes mes forces.

4.

Les peurs et leurs conséquences

Nous avons des peurs. Nous avons tous des peurs. Mais ce qu'il y a de bien dans cette vie, c'est que presque personne ne nous demande lesquelles.

On en a l'intuition, on les renifle, on tombe dessus un beau jour dans un aéroport, dans une ruelle sombre, en grimpant dans un autobus dans une ville inconnue... Et voilà qu'on se découvre trouillard : peur de voler ou peur du noir, peur de se faire détrousser ou peur d'aimer, peur de livrer une part de soi-même dans le sexe.

Cette nuit-là, pendant que je serrais les seringues dans mes poings fermés, j'avais une peur bleue de perdre... De perdre le sommeil. Un de plus qui a cessé de dormir. Un de plus sur cette place... Ma mère m'avait dit un jour : « Être différent, ça dépend juste de combien vous êtes dans ton camp. »

Je ne saurais dire si les mots de cet homme m'avaient affecté ou si, comme cela arrive souvent dans la vie, maintenant que l'heure avait sonné, je me demandais si j'en avais vraiment envie.

Se marier, investir, embrasser, faire l'amour... Ce sont des moments où la peur peut nous amener à faire marche arrière.

Je dois bien l'avouer, je n'en avais pas vraiment envie, je ne m'étais jamais dit qu'il fallait absolument que je le fasse.

Quand la Cétamine avait fait irruption sur le marché, bien des gens avaient crié haut et fort qu'ils n'en prendraient jamais. Qu'il fallait être idiot pour se priver du plaisir de dormir, de faire la sieste et de rêver.

Quelques mois plus tard, ils étaient si nombreux à avoir succombé à la tentation que la seule alternative semblait être : se convertir ou rater une partie de sa vie.

Certains ont décidé d'en prendre par jalousie. Oui, par jalousie. Que fabriquait donc ta compagne ou ton compagnon pendant ton sommeil ? Et avec qui ? Et où ? Et ça lui faisait quel effet ? Ça en a convaincu plus d'un : tous ceux qui ne voulaient pas rater ces heures nocturnes, visiblement conçues pour leur réserver les plus beaux moments de leur vie. Imagine un peu l'autre qui débarque, te réveille et te raconte un truc incroyable qui lui est arrivé à cinq heures du matin, alors que toi tu es encore vaseux, les yeux chassieux… voilà le genre de scène qui est venu à bout de pas mal de convictions, convertissant des tas de gens à une nouvelle vie nocturne.

Leurs arguments, pourtant, ne m'avaient jamais fait passer l'envie de dormir. Dans le fond, dormir a toujours été pour moi comme un voyage dans le futur. L'opinion la plus répandue est que nous ne pourrons jamais voyager dans le futur ; moi, en revanche, je crois qu'on le fait chaque nuit. On dort et, à notre réveil, il s'est passé des choses incroyables : des traités ont été signés, les valeurs boursières ont changé, des couples se sont séparés, des gens sont tombés amoureux à l'autre bout de la planète, là où la vie continue…

Et tous ces événements majeurs ont eu lieu pendant notre sommeil. Dans cet espace de deux secondes durant lesquelles défilent en réalité huit heures, ou neuf, ou dix, au hasard des besoins ou des rencontres. Car rien ne ressemble moins à une nuit de sommeil qu'une autre nuit de sommeil.

Ce soupir du temps m'a toujours semblé délirant, à condition qu'il soit correctement pratiqué.

J'ai toujours cru au sommeil et au voyage dans le futur. C'est peut-être la raison pour laquelle la perte de ce moment intime, de ces envols nocturnes, me faisait si peur.

Je vais vous raconter un secret : parfois, quand je m'endors très rapidement, sans même réaliser que je suis en train de sombrer dans les bras de Morphée, il m'arrive de me réveiller en sursaut, mort de peur, une peur atroce ; comme si mon organisme s'était endormi, mais pas mon cerveau. Et soudain, tous deux s'éveillent à l'unisson. À cet instant, mes peurs les plus primaires font de moi un petit enfant totalement démuni. C'est alors que j'enlace la personne qui dort à mes côtés et je serais prêt à lui donner tout mon amour, tout le sexe dont je suis capable, en échange de son réconfort.

Les années passant, j'ai compris que j'étais capable de contrôler cette peur. Il faut pour cela que j'aie conscience de m'être tout simplement endormi et réveillé dans les secondes qui ont suivi. C'est une peur primaire, une peur instantanée, facile à dominer si elle est promptement diagnostiquée. Mais ce qui est curieux, c'est que je n'ai pas vraiment envie de la contrôler, j'aime me voir dans cet état de grande fragilité.

Bref, me voilà donc sur le point de faire quelque chose que j'avais toujours refusé. Bien des gens avaient cessé de dormir, mais moi, j'y accordais encore de l'importance.

Toute une philosophie était partie en fumée à l'instant où j'avais appris que ma mère m'avait abandonné.

Je n'étais pas sans savoir ce qui m'attendait une fois le pas franchi : un surcroît d'activité, un nouveau crédit immobilier. À ce que les gens disent, en effet, la vie change quand on ne dort pas. Les horaires de travail sont différents, le temps s'organise autrement, il n'est pas vécu de la même façon. Je ne sais pas, j'imagine que c'est vrai. Encore que, les gens racontent tellement de mensonges… Presque personne ne se plaint d'un voyage hors de prix ou d'un concert dont l'entrée a coûté les yeux de la tête. Le coût élevé est une valeur ajoutée lourde de conséquences : soit ça nous plaît, soit il faut occulter ce qui nous a déplu. Personne n'est assez bête pour se faire chier et par-dessus le marché payer pour ça.

J'ai décidé que j'avais eu ma dose de peurs, que l'heure était venue de m'administrer le traitement. J'ai regardé la place et j'ai approché la seringue de mon bras.

Mais juste au moment où j'allais sentir le liquide s'écouler dans mes veines, il s'est produit un événement inattendu…

5.

Des cordes vocales pareilles
à des aiguilles de gramophone

C'est arrivé. Je l'ai vue. La place Santa Ana était pleine à craquer et elle, elle se trouvait au beau milieu. Juste au milieu. Elle en était le centre. Je ne saurais dire mieux.

Elle attendait quelqu'un, visiblement : son regard cherchait et cherchait encore dans des centaines de directions. Ses yeux parcouraient les corps, les peaux, les pas… Elle était anxieuse, guettant l'objet de son attente. Et moi, du haut de mon septième étage, je ne pouvais la lâcher du regard.

Il y avait quelque chose dans son attente, dans sa façon d'attendre, qui attirait puissamment mon attention. Je ne suis pas du genre à tomber amoureux, je vous l'ai déjà dit, ça ne m'est jamais arrivé.

Je crois peu en l'amour, j'ai plus foi dans le sexe. Mais cette fille avait quelque chose de si étrange dans sa façon d'attendre, de placer ses jambes, de se mouvoir, de chercher, qu'elle avait éveillé en moi un sentiment nouveau. Peut-être étais-je en train de devenir épique à l'excès.

Pieds nus, à je ne sais quelle heure de la nuit ou du matin, je me sentais comme un junkie, avec cette seringue bizarre à quelques millimètres de ma peau. C'était comme si le médicament avait eu des effets secondaires avant même de provoquer l'extase.

Soudain, un accordéoniste et un guitariste ont commencé à jouer un air de jazz. Un jeune gars, qui ne devait même pas avoir quinze ans, cheveux gominés, s'est mis à chanter des chansons dans un style tellement désuet qu'on aurait dit que ses cordes vocales étaient le prolongement d'aiguilles de gramophone.

Le seul intérêt de cette chanson résidait dans le fait que ma mère adorait le jazz : elle en écoutait à n'importe quelle heure, quand j'étais petit.

J'ai pris mes petits déjeuners, j'ai déjeuné et j'ai dîné en compagnie des grands noms du jazz. Parker, Rollins et Ellington avaient été la bande-son de mon enfance. Ma mère avait l'habitude de chanter leurs mélodies à voix basse, en murmurant les paroles. Jamais elle ne chantait à pleins poumons... Elle préférait murmurer, elle croyait au murmure.

— Dans la vie, il y a peu d'espace pour les murmures, elle disait. Au cours de ma vie, on m'a adressé trois à six minutes de murmures. Des phrases courtes murmurées par des hommes à des instants bien précis : « Je t'aime... Je ne t'oublierai jamais... Continue... Continue... » Les murmures ont tellement de force qu'il conviendrait de les interdire au lit. Parce que tout le monde y ment, tout le monde. Ne murmure jamais au lit, et encore moins quand tu es en train de faire l'amour – m'avait-elle répété en murmurant, un jour, dans un taxi qui nous conduisait à l'aéroport de Pékin.

Oui, je crois que l'heure est venue de vous dire que ma mère parlait souvent de sexe. J'ai eu de la chance dans ma vie : dès mes treize ans, elle m'a parlé de ce sujet que presque tous les parents préfèrent éviter.

Au début, j'en étais consterné. À treize ans, on n'a pas vraiment envie que notre mère parle de certains sujets, et encore moins de sexe. Mais ma mère a toujours été très libérale. Quoique « libérale » n'est pas un mot que j'apprécie outre mesure. Elle, elle se considérait « libre ».

Elle parlait d'elle-même et de gens qu'elle admirait comme de « personnes libres ». J'ignore si j'ai réussi à être libre.

Je me rappelle que, quand j'avais quatorze ans, nous sommes descendus dans un hôtel qui était un gratte-ciel. Notre chambre était la numéro 112. C'était la première fois de ma vie que j'entrais dans un gratte-ciel. Je n'en revenais pas, c'était comme être en plein ciel : une sensation à la fois bizarre et intense, même si par la suite j'ai dormi et même vécu dans tellement d'hôtels ou de gratte-ciel que j'ai fini par l'oublier.

Du coup, quand je voyage en avion et que j'ai l'impression qu'un des passagers va voler pour la première fois de sa vie, il m'arrive de ne pas le quitter des yeux. Il ressent tellement de choses : la sensation du décollage, la routine du vol à onze mille mètres d'altitude et la panique au moment de l'atterrissage. J'essaie de me laisser envahir par sa passion, par ses peurs, par sa première fois. Oui, je dois le reconnaître, je suis quelque part un vampire d'émotions primaires.

Ce jour-là, donc, dans cet hôtel de New York, il n'y avait qu'une chambre libre, avec un grand lit. J'avais presque quinze ans et n'avais pas la moindre envie de partager le lit de ma mère, ça me faisait honte. Et je le lui ai dit. Elle m'a alors regardé comme elle seule savait le faire. Il lui suffisait de poser les yeux sur moi durant une dizaine de secondes, de tordre la bouche pour que je me sente intimidé.

— Tu ne veux pas dormir avec moi ?

Elle a tordu la bouche et moi, j'ai avalé ma salive.

— J'ai presque quinze ans, maman.

— Moi aussi j'avais quinze ans quand j'ai dû dormir avec toi pour la première fois. Et j'ai recommencé pendant les neuf mois qui ont suivi, alors que tu me donnais envie de vomir et que tu n'arrêtais pas de me flanquer des coups de pied. Mais si tu préfères, tu peux dormir sur la chaise. Nous sommes libres, nous sommes des gens libres, nos décisions nous appartiennent.

Ça m'a coupé le souffle. Elle a mis un de ses vieux disques de jazz et elle a fumé une cigarette.

Elle ne cherchait pas à me faire réagir ; elle n'avait pas la moindre envie de forcer ou de convaincre les gens.

Je me suis glissé dans le lit, à côté d'elle. J'ai écouté la musique et reniflé l'odeur de ses cigarettes.

Elle m'a toujours donné la sensation d'être un adolescent spécial.

La chanson qu'elle avait mise ce soir-là, dans la chambre du gratte-ciel, c'était celle que j'écoutais la nuit où j'allais cesser de dormir, sur cette terrasse avec vue sur la place Santa Ana. Le garçon aux cheveux gominés la chantait à un rythme tellement syncopé que j'avais l'impression de sentir la présence de ma mère tout près de moi. C'était peut-être un signe, allez savoir, en tout cas ça n'était pas un simple hasard.

Elle, elle attendait toujours. Son visage passif-actif me captivait.

Elle ne s'était pas rendu compte de ma présence, elle n'avait pas remarqué mes yeux qui n'en finissaient pas de la fixer.

Mon regard, ma présence, les battements irréguliers de mon cœur lui étaient parfaitement étrangers.

Et de la même façon qu'elle était arrivée au centre de la place, elle en est repartie, à pas lents.

Elle s'est dirigée vers le Teatro Español. Elle n'arrêtait pas de regarder l'affiche de *Mort d'un commis voyageur*, cette merveilleuse pièce d'Arthur Miller.

Soudain, ses pas ont cessé d'être hésitants et elle s'est avancée d'un air décidé jusqu'à l'entrée du théâtre.

De mon côté, j'ai reconstitué le scénario : elle attendait quelqu'un qui n'arrivait pas, la pièce était sur le point de commencer, alors elle avait pris sa décision.

Si on nous pose un lapin à trois heures du matin alors qu'on avait l'intention d'aller au théâtre, il faut prendre une décision à un moment ou à un autre. Je crois qu'à cet instant précis sa fierté avait pris le pas sur sa tristesse.

Elle s'est précipitée à l'intérieur du théâtre. J'ai même eu la sensation d'entendre le gars au guichet découper son billet d'entrée et l'ouvreuse lui murmurer : « Sixième rang, fauteuil numéro quinze, suivez-moi. »

Je l'ai sentie disparaître de mon univers et je n'ai pas su quoi faire.

J'avais adoré la voir entrer dans le théâtre. Ma mère disait toujours que personne ne devait jamais nous arrêter dans notre élan. Personne. Jamais.

Pourtant, l'absence de la fille du Teatro Español me faisait mal. Comme s'il me manquait quelque chose. Sentir le manque de ce qu'on n'a jamais possédé : quelle horreur, quel abîme.

La sonnerie du téléphone m'a ramené à la réalité. J'ai su que l'heure était grave, à cause de ces longues sonneries et de la cadence des appels. J'ai toujours eu l'intuition que ces appareils étaient dotés d'intelligence : quand ils sont sur le point de nous annoncer une mauvaise nouvelle, ils sont parfaitement au courant et ils cherchent à nous en avertir par des signes extérieurs, par un ton qui ne trompe pas.

J'ai décroché à la sixième sonnerie.

M'éloigner de la terrasse revenait un peu à abandonner mon destin. L'odeur du sol en linoléum m'a brutalement ramené à mon quotidien. La vue de mon salon m'a fait oublier l'espace d'un instant le moment que je venais de vivre à l'air libre.

— Oui ?

J'aime être bref quand je décroche mon téléphone.

— Il faut que tu viennes tout de suite, il vient d'arriver quelque chose d'incroyable, m'a dit mon chef sur un ton passablement irrité, preuve que l'heure était extrêmement grave.

— Qu'est-ce qui s'est passé ? ai-je demandé.

— Tu n'es pas au courant ?

— Non, je… dormais.

— Mets les infos, tu vas halluciner. Les médias ne sont au courant que depuis dix minutes. Viens vite, on a besoin de toi.

Mon chef avait cessé de dormir. Ça s'entendait au ton de sa voix, à sa façon de parler alors qu'il était à peine trois heures et quelques du matin. Ceux qui ne dormaient pas avaient toujours ce ton de dix heures du matin, quelle que soit l'heure. Je me suis senti bête en lui disant que je dormais.

J'ai allumé la télé. Je m'attendais à tout sauf à ce que j'ai vu. Comme mon chef me l'avait prédit, j'ai cru halluciner.

Je me suis mis à zapper pour vérifier que c'était bien vrai. Sur la première chaîne, le principal titre – au demeurant impressionnant – ne laissait aucune place au doute : « Confirmation de l'arrivée du premier extraterrestre sur la planète Terre ». Idem sur les autres chaînes, à quelques détails rédactionnels près. Partout, le mot extraterrestre revenait en boucle.

Il n'y avait pas de photos de lui. Juste un présentateur dans son studio d'enregistrement et quelques images d'archives sorties de films célèbres.

Je me suis assis, ou plutôt je me suis affalé sur le canapé. J'ai regardé les journaux télévisés quelques minutes durant, abasourdi de voir tout ce cirque organisé à partir de rien, sans autre information que la nouvelle à l'état brut.

Pas le moindre éclaircissement sur les faits, pas la moindre image, pas le moindre témoin pour confirmer la nouvelle. Le néant absolu. De quoi sombrer.

Cela faisait dix minutes à peine que la nouvelle était tombée et nul besoin d'être devin pour comprendre qu'ils allaient en faire leurs choux gras tout au long de la journée, même s'ils n'arrivaient pas à en savoir beaucoup plus long.

À coup sûr, un record d'audience en perspective.

Ma grand-mère m'avait un jour raconté qu'elle avait vécu en direct à la télé le premier pas de l'homme sur la Lune. Elle se rappelait que ma mère n'arrêtait pas de pleurer parce qu'elle était en train de faire ses dents et que, pour couronner le tout, il faisait très chaud, comme si le soleil s'était farouchement opposé à ce moment.

Qui aurait parié que la chaleur d'un autre été accueillerait les premiers pas d'un extraterrestre sur la Terre ? J'ai tendu l'oreille vers la rue, pour essayer de percevoir des cris d'enfants assaillis de douleurs buccodentaires, mais je n'ai rien entendu, mis à part quelques aboiements lointains.

J'ai alors enfilé des vêtements propres. Je savais ce qui m'attendait une fois arrivé au travail. Je l'ai su immédiatement, car on m'avait appelé, et cela m'avait rendu nerveux, certes, mais cela faisait aussi de moi quelqu'un d'exceptionnel.

J'ai choisi des couleurs sombres. J'ai bu à la bouteille un litre et demi de lait, en à peine quelques gorgées.

J'ai pris les escaliers pour descendre car j'avais besoin de réfléchir. Je ne sais pas pourquoi, mais il se trouve qu'un peu d'exercice physique, bref mais intense, pouvait m'y aider. Tout ce qui est de l'ordre de la routine, comme faire la vaisselle, du vélo d'appartement ou descendre les escaliers, me donnait des idées et renforçait mon imagination.

Une fois sur la place Santa Ana, j'ai compris que la nouvelle avait commencé à se répandre.

De bouche en bouche, de murmure en murmure, elle voyageait par les airs inoffensifs et se propageait parmi ceux qui étaient assis en terrasse. Au comptoir, on en informait les serveurs, qui la transmettaient aux clients, qui la transmettaient aux passants. Peu à peu, les gens abandonnaient leurs demis sur les tables pour se serrer autour de la télévision, comme hypnotisés. Ils avaient interrompu qui sa routine, qui sa réunion importante, à cause de cet événement hors du commun, susceptible de bouleverser leur vie à tous.

J'étais sur le point d'arrêter un taxi mais, au moment où ma main se levait à la vue d'une voiture libre... j'ai retenu mon geste.

Devant moi, le Teatro Español, indifférent à cette grande nouvelle, m'appelait.

Je me suis immédiatement posé la question : savait-elle ce qui était arrivé ? Quand elle était entrée, l'ouvreuse lui avait-elle fait un commentaire à ce propos en lui indiquant son rang et sa place ? Ou bien regardait-elle *Mort d'un commis voyageur* en ignorant tout de la nouvelle ? J'ai imaginé Willy Loman en train d'expliquer à sa femme son problème de voiture, à moins qu'il ne fût déjà en train de critiquer Biff. Pauvre Biff...

Je me suis approché du bloc de pierre théâtral. On aurait dit un bunker. Toutes les portes étaient fermées. Je me suis dirigé vers l'affiche sur laquelle on pouvait lire, en tout petit, la distribution et la durée du spectacle. Au théâtre, la durée des spectacles n'est jamais clairement annoncée, mais là on pouvait lire : « Environ 120 minutes ». Dire qu'elle risquait de passer deux heures à suivre la mort du commis voyageur sans rien savoir de l'arrivée de ce voyageur venu d'un autre monde, qui signifierait peut-être la mort de notre vie telle que nous la connaissions jusque-là.

— Vous voulez un taxi, oui ou non ?

L'homme devant qui j'avais levé puis baissé la main avait remarqué mon geste, il avait ralenti et scrutait à présent mon visage. J'ai vu du coin de l'œil qu'il avait activé son taximètre. Je n'ai jamais aimé les taxis, je n'ai pas confiance en eux. Ma mère en prenait tout le temps ; elle m'expliquait qu'on n'avait pas le choix : « Les taxis sont comme des membres de ta famille. Ils sont comme une belle-mère ou un oncle : tu sais qu'ils vont finir par te jouer un mauvais tour, mais tu dois quand même les aimer. »

— Si vous en voulez pas, faut pas faire signe.

L'idée de monter dans ce taxi m'horripilait, mais je n'étais pas sûr d'en trouver un autre libre : il en passerait peut-être des dizaines, ou pas un seul. Je ne voulais pas prendre le risque.

Je suis monté lentement dans le véhicule tout en écoutant la puissance du théâtre, ce son qui semble imperceptible mais qui renferme un intense pouvoir. On peut l'entendre à proximité de tous les théâtres ; c'est un son léger, qui porte en lui le jeu des comédiens, les soupirs des spectateurs et les mouvements délicats des techniciens.

C'est le son de mon enfance, car j'ai grandi dans des théâtres, dans des centaines de pays. Ma mère avait voué sa vie au théâtre. Si elle m'entendait parler, elle me tuerait, car en réalité elle avait voué sa vie à la danse.

— On va où ?

— Torrejón. Unité E.

— Sérieux ?

J'ai senti le cœur du chauffeur de taxi battre au rythme de son taximètre. Il débordait d'émotion ; si ça se trouve, il a même eu une érection en pensant à ce qu'il allait gagner, car Torrejón n'était pas la porte à côté, il allait pouvoir me soutirer un maximum d'argent.

— Sérieux. Et si ça ne vous dérange pas trop, éteignez la clim, je vais baisser les vitres.

Il s'est exécuté sans ciller. Puis il a démarré et j'ai abandonné la place et la fille qui m'avait mis dans tous mes états.

J'ai fermé les yeux pour simuler la fatigue, histoire que le chauffeur comprenne que je n'avais pas la moindre envie de parler. Le comportement durant les cinq premières minutes est capital pour la suite du trajet. J'ai senti qu'il m'observait dans le rétroviseur. Puis il a mis la radio et n'a plus fait attention à moi.

J'ai gardé les yeux fermés encore un moment, conscient du fait que dans quelques minutes j'allais me retrouver « nez à nez » avec cet extraterrestre qui fascinait tellement tout le monde.

6.

La danse de l'œsophage

Au fil du temps, au fil des kilomètres, j'ai fini par ouvrir les yeux. C'était la première fois que je sortais de chez moi depuis que j'avais appris la mort de ma mère. Le passage à la banque ne comptait pas puisque je n'avais pas eu à sortir du bâtiment.

Dans la rue, rien n'avait changé. Les gens marchaient sans but, les voitures circulaient nerveusement et la nuit demeurait à l'état latent.

Qui doit donc mourir pour que le monde soit entièrement paralysé, pour que nous renoncions à nos habitudes quotidiennes ? Qui est donc assez important pour que tout change viscéralement ?

Pendant que le taxi se frayait un chemin à travers les embouteillages du dimanche à quatre heures du matin, j'ai fait défiler dans ma tête les images de ma vie auprès de ma mère.

Elle avait toujours désiré que je sois créatif. Elle ne l'avait jamais exprimé en ces termes, mais c'était ce qu'elle pensait dans le fond.

Elle m'avait d'abord initié à la danse. J'ai toujours aimé observer les danseurs et les danseuses exécuter leurs chorégraphies. Elle était très dure avec eux, elle ne les considérait pas comme ses enfants, pas même comme ses amis. Je crois qu'ils étaient tout simplement l'instrument qui lui permettait de parvenir à ses fins. Des couteaux et des fourchettes qui apportaient la nourriture jusqu'à sa bouche.

Comment vous expliquer sa danse… Toutes ses chorégraphies étaient différentes, mais elles étaient toutes pleines de vie et de lumière. Elle haïssait le classique. Dans la danse comme dans sa vie.

— C'est quoi la danse ? lui avais-je demandé lors d'un hiver glacial à Poznań, où la température maximale avoisinait les cinq degrés en dessous de zéro.

— Est-ce que tu as le temps d'écouter la réponse, Marcos ? m'avait-elle froidement répondu.

Je détestais l'idée qu'elle me considère toujours trop petit, même à quatorze ans, et je ne supportais pas cette réponse qu'elle m'assénait chaque fois que je lui posais une question qui s'apparentait vaguement au monde des adultes. Ça avait le don de m'énerver. Je me sentais comme un gamin incapable de se concentrer ; elle doutait de l'intérêt que je lui portais.

— Bien sûr que oui, avais-je donc répondu d'un ton offensé.

— La danse est la façon de montrer les sentiments de notre œsophage, avait-elle alors répondu solennellement.

Comme vous pouvez le supposer, je n'y avais rien compris.

Il faut savoir qu'elle estimait que le cœur était l'organe le plus surestimé qui soit. Que l'amour, la passion et la douleur soient le fait de ce petit machin rouge aux battements réguliers l'énervait au plus haut point.

Voilà pourquoi un jour, avant ma naissance me semble-t-il, elle avait décidé que l'œsophage serait le centre de la vitalité artistique. Et à ses yeux, la danse était l'expression de cette vitalité ; le cinéma, son mouvement ; et le théâtre, son langage.

— Je prends par la M-30 ou par la M-40 ?

Le taxi m'a ramené à la réalité en me posant une des questions les plus terre-à-terre qui soient.

— C'est vous qui voyez, lui ai-je répondu, le renvoyant dans son univers pour mieux retourner dans le mien.

À l'âge de seize ans, je m'étais mis à peindre.

J'avais tiré un trait sur la danse car cet univers était le sien, c'était l'univers de ma mère. Je savais que je n'arriverais jamais à rien dans ce domaine, que je ne possédais pas une once de son talent. Après tout, le fils de Humphrey Bogart ou celui d'Elizabeth Taylor avaient-ils été capables d'égaler leurs parents ?

Moi, je voulais peindre la vie, je voulais réaliser une série de tableaux, exprimer en peinture une trilogie de concepts. La vie en trois toiles.

Ce n'était pas le fruit du hasard. L'idée m'était venue en voyant le tableau *La Vie* de Pablo Picasso. C'était le tableau que je préférais de lui. Je l'avais vu à Cleveland, où ma mère créait son dernier grand spectacle, un prodige d'innovation. J'avais passé trois heures à observer cette merveille au musée. Je n'avais pas vu d'autre tableau. Du haut de mes seize ans, j'étais fasciné par ce chef-d'œuvre de sa période bleue.

De quoi « la vie » est-elle faite ? D'amour.

Ma mère disait toujours que tout ce que l'art offre de qualité parle d'amour. Les films culte que l'on rediffuse, les pièces éternelles qui sont régulièrement à l'affiche des théâtres, et même les livres épiques que l'on relit durant des lustres et des lustres. Toutes ces œuvres ont en commun l'amour ou la perte de cet amour.

Dans le tableau *La Vie*, on peut apercevoir quatre groupes de personnages : un couple qui s'aime, un autre qui se désire, un garçon esseulé car il a perdu sa bien-aimée et un autre soulagé de ne plus l'avoir à ses côtés. À mon avis, chaque groupe symbolise une étape de notre vie, des moments et des sentiments bien précis.

Et moi, à cet instant de ma vie, je me sentais comme le garçon esseulé, celui qui avait perdu sa bien-aimée et qui le regrettait amèrement. L'amour solitaire reste de l'amour, mais il n'a rien à voir avec celui du couple qui s'aime, avec celui du couple qui se désire ou avec celui soulagé de sa perte.

Je me suis demandé si mon chauffeur de taxi était lui-même amoureux à cet instant précis. S'il désirait quelqu'un en silence, s'il avait fait l'amour cette nuit-là, s'il avait pris du plaisir.

Si seulement nous pouvions nous poser ce genre de questions les uns aux autres sans rougir. Après tout, ce tableau t'oblige à y répondre, rien qu'en l'observant un long moment.

Ma mère ne m'a jamais reproché de ne pas avoir assisté à la première de son spectacle à Cleveland. Je lui avais parlé du tableau de Picasso et de mon intention de peindre une trilogie sur la vie.

Elle m'avait écouté attentivement, avait marqué une pause d'une bonne dizaine de minutes (elle ne s'empressait jamais de répondre aux questions importantes ; d'ailleurs, elle pensait que le monde ne se porterait pas plus mal si nous en faisions tous de même) puis m'avait dit :

— Si tu veux peindre une trilogie sur la vie, tu dois parler d'enfance, de sexe et de mort. C'est la vie résumée en trois concepts.

Puis elle est partie prendre son bain post-première.

Elle adorait l'eau. Elle disait que les idées, la création dépendent de ce qui t'entoure.

D'après elle, la plupart des gens pensent que l'air que nous respirons est le conducteur idéal pour créer, mais ils sont à côté de la plaque. Elle penchait plutôt pour l'eau, elle m'expliquait que bien des inventeurs avaient eu leurs meilleures idées quand leur corps se trouvait entièrement submergé. Il y avait aussi l'oxygène mêlé à la musique d'un concert ou à une chanson écoutée en boucle. Ou bien, parfois, il suffisait de sentir l'odeur du bois brûlé d'une cheminée pour trouver l'inspiration.

Elle avait passé sa vie en quête de l'atmosphère idéale pour créer. J'avais toujours cru qu'elle la trouvait dans ses bains post-première, jusqu'à ce qu'elle m'annonce un jour, dans un avion :

— Je crois que mon odeur de création est le mélange de ta respiration et de la mienne.

Alors elle avait respiré profondément et m'avait fait signe de l'imiter. Nous avions exhalé et inspiré deux ou trois fois.

— Les idées arrivent… avait-elle dit en me souriant.

Je m'étais senti flatté mais aussi honteux.

Je n'avais plus dit un mot. Je m'étais efforcé de ne plus respirer durant les huit heures de ce long vol entre Montréal et Barcelone.

Il est parfois difficile d'accepter qu'on nous dise de si belles choses.

Le chauffeur de taxi a changé de station ; la musique a laissé place aux nouvelles de l'extraterrestre. Le chauffeur semblait ne pas être au courant, il a monté le son au maximum, comme s'il avait ainsi pu glaner plus d'informations.

— Vous avez entendu ça ? a-t-il demandé l'air effaré.

— Oui.

— Vous croyez que c'est vrai ?

Il a changé de fréquence à plusieurs reprises.

— C'est dingue, non ? Un extraterrestre ici… Ils ne savent plus quoi inventer.

— Effectivement, ils ne savent plus quoi inventer, ai-je répété sans savoir quoi répondre d'autre.

Point final. Il a accéléré. Je crois que mon indifférence l'agaçait. S'il avait su que dix-sept minutes plus tard j'allais me retrouver nez à nez avec l'extraterrestre, je suppose qu'il se serait plus intéressé à ce passager peu communicatif.

J'ai essayé de suivre le conseil de ma mère à propos de la trilogie. J'ai peint la mort à vingt-trois ans et l'enfance à dix-sept, mais je n'ai jamais peint le sexe.

Parfois, on n'ose pas peindre ce qu'on a au plus profond de soi.

Ma mère me parlait tellement de sexe quand j'étais petit que j'ai fini par haïr tout ce qui avait à voir avec le sujet, de près ou de loin. Je n'ai jamais cessé de le pratiquer, mais je n'ai jamais su me confronter à lui au moyen d'une palette de couleurs.

La mort a été facile à peindre.

Pourtant, il n'a pas été simple d'entrer en contact avec elle. J'ai parcouru des centaines de prisons aux États-Unis, là où la peine de mort était encore en vigueur. Grâce à l'intervention du directeur d'un pénitencier amoureux de ma mère, j'ai pu rencontrer des prisonniers qui allaient bientôt mourir, je leur ai posé des questions sur la mort qui les attendait à court terme.

Durant des heures et des heures ils m'ont parlé de la mort et moi je les ai écoutés. Durant des mois j'ai attendu qu'ils me révèlent quelque chose à peindre. À moins que les condamnés à mort et les malades en phase terminale ne soient pas les mieux placés pour parler de la mort avec lucidité ? Ils l'attendent, ils la connaissent, ils l'entrevoient depuis des années, à quelques centimètres d'eux parfois. Si ça se trouve, ils peuvent même se lier d'amitié, une amitié avec une date de péremption.

J'ai préféré les prisonniers aux malades, car leur douleur, quelque part, serait moins intense, et leur mort mieux définie, elle n'irait pas se mêler à d'autres sentiments, trop durs, impossibles à dessiner.

Tous ces prisonniers que j'ai connus avaient l'air innocents. Personnellement, je les aurais épargnés. La mort a ce je ne sais quoi qui rend tous les hommes fragiles, innocents et naïfs…

Ces condamnés à mort m'ont parlé de tant de choses, parfois tellement sombres, parfois tellement pleines de lumière…

Jusqu'au jour où j'ai connu… David. David allait être exécuté pour avoir violé et tué ses deux sœurs. Il avait demandé un dernier repas : rite étrange encore pratiqué dans toutes ces prisons. Une gentillesse absurde.

Il n'a pas demandé grand-chose : juste une glace à la vanille avec des noix. Mais quand on la lui a apportée dans ce plateau bleu totalement inexpressif, alors j'ai vu que c'était ça, la mort. Je n'avais qu'à peindre sa dernière volonté.

J'ai attrapé mes pinceaux et j'ai peint de la façon la plus réaliste qui soit. La blancheur de la glace, l'ocre des noix et le bleu du plateau.

David est mort, je n'ai pas vu comment, je n'aurais pas pu le supporter, je m'étais trop pris d'affection pour lui.

Le tableau, d'après ma mère, suintait la mort.

Je pouvais à peine le regarder, alors je l'ai offert à un vieil ami à moi. Et je n'ai plus jamais pu manger de glace à la vanille avec des noix. Quand j'essaie de le faire, c'est comme si la mort me donnait des haut-le-cœur.

L'enfance a été plus simple à dessiner. Je me rappelle que ma mère disait qu'il est faux d'affirmer que c'est l'époque la plus heureuse de notre vie. Elle trouvait pour sa part que c'est celle où on pleure le plus. Elle disait qu'on pleure toutes les larmes de son corps durant ces premières années, elle disait que l'enfance est comme des tonnes de tristesse mêlées à des kilos de bonheur. La grande époque bipolaire de notre vie.

Telle a été mon inspiration. J'ai peint de petits enfants à qui on offrait des jouets avant de les leur arracher deux minutes plus tard.

Je recherchais les larmes les plus crédibles, les sanglots les plus dramatiques mêlés au sourire et au bonheur incroyable qui perdurait sur leurs visages. Deux réactions engendrées par la possession et par la perte du jouet.

Le tableau auquel je suis parvenu était réellement perturbant. Du bonheur et de la tristesse à haute dose, de l'enfance à l'état pur. Ma mère était tellement fière de moi... Elle m'a serré si fort dans ses bras que j'ai senti nos deux œsophages se fondre l'un dans l'autre. Puis elle m'a murmuré sans tarder :

— Le sexe. Maintenant, occupe-toi du sexe, Marcos. Peins-le.

Le sexe. Je n'ai pas fait la moindre tentative pour le peindre. Je crois que ma mère ne me l'a jamais pardonné. Elle a commencé à se désintéresser de ma peinture. Je lui avais promis de terminer la trilogie, mais treize années étaient passées, j'avais presque oublié.

Dans quelques heures, son cadavre allait arriver, et la prémonition qu'elle avait eue il y a des années dans un bateau faisant route pour la Finlande allait se réaliser : « Un jour, tu regarderas mes yeux sans vie et tu n'auras pas créé la trilogie sur ta vie. » Je détestais qu'elle ait raison, comme quand elle pensait que du haut de mes quatorze ans je n'écouterais pas assez attentivement sa réponse à ma question d'adulte.

Je détestais qu'elle me le dise de cette façon si théâtrale. Et, surtout, je détestais qu'il existe des yeux sans vie.

Le taxi est arrivé à destination.

J'ai payé mon dû, sans laisser de pourboire. Mon assistant m'attendait à la porte du bâtiment. Dani avait la peau resplendissante, j'ignore comment il y parvenait, mais il respirait toujours la fraîcheur.

Je sais qu'il m'appréciait au plus haut point et il s'efforçait toujours de me sourire aimablement. Il avait un catalogue de douze ou treize sourires, mais ce jour-là sa peau était tendue et son sourire faisait plutôt l'effet d'une grimace inquiète. Tout son visage semblait contracté.

Il me regardait de ses yeux verts inquiets.

Je suis descendu du taxi et le chauffeur a redémarré à la seconde où j'eus refermé la porte. Un peu plus et il m'emportait dans son élan. Je crois qu'il était en pétard à cause du pourboire.

— Il est à l'intérieur, m'a dit mon assistant après le départ précipité du taxi. Je ne sais pas comment il est, mais ils veulent que tu le voies tout de suite. Tout le monde est nerveux.

— Il est vert, tout petit, il a des antennes et des yeux noirs énormes ? ai-je plaisanté.

— Non.

Mon assistant n'avait visiblement aucune envie de rigoler.

Nous nous sommes engouffrés dans une autre voiture et nous avons mis le cap sur les bureaux. Je n'étais pas nerveux, je me disais juste qu'il fallait que je termine le tableau sur le sexe avant l'arrivée du cadavre de ma mère, avant de voir ses yeux sans vie.

Le fait est que je ne les avais toujours pas vus, j'étais donc encore dans les temps pour terminer ma trilogie.

Je sais que ça peut avoir l'air bête. J'étais sur le point de connaître le premier extraterrestre venu sur Terre et je n'avais qu'une idée en tête : réaliser un étrange tableau sur le sexe.

7.

Je ne saurais dire si c'est le don
qui m'a trouvé ou si c'est moi
qui l'ai trouvé

J'aimais assez le court trajet menant de l'entrée au bureau central. Le chauffeur, un Péruvien de soixante ans mais bien plus jeune dans sa tête, mettait toujours un CD des Cranberries dès qu'il me voyait grimper dans la voiture. Puis il me souriait, dévoilant ainsi ses deux dents en or.

Un jour, il m'avait raconté qu'elles avaient appartenu à son père. Qu'à sa mort, il les lui avait fait arracher, puis il s'était lui-même fait retirer deux dents saines pour qu'on lui implante celles de son père à la place.

— Mon père est à l'intérieur de moi, m'avait-il dit un jour en me souriant dans le rétroviseur tout en exhibant les dents dorées de son paternel.

— Je suis sûr qu'il serait fier de toi, avais-je répondu.

— C'est peu probable. Ces dents, c'était tout ce que mon père avait de brillant. Le reste n'était pas très joli à voir, ça n'éclairait pas grand-chose et pas grand monde.

Nous n'avons plus jamais reparlé de sa dentition, mais chaque fois qu'il me souriait je sentais comme un lien entre lui et moi.

J'aime les gens qui mettent les autres à l'aise aussi facilement. Ils y parviennent tellement simplement que tu ne sais pas comment ils s'y prennent. C'est comme un de ces codes occultes de chez Microsoft. La source n'est connue que de son créateur.

D'après un proverbe chinois que j'adore, « Ne pousse pas la porte d'une boutique si tu ne sais pas sourire ». Mon chauffeur aurait pu pousser la porte de cent grands magasins.

Dani était toujours aussi nerveux ; sa peau perdait le peu de texture qui lui restait. Il a fait un signe au Péruvien et le sourire de ce dernier a disparu derrière une vitre teintée qui nous isolait désormais de lui et de la musique des Cranberries.

J'ai pris la décision d'aller au-devant de son inquiétude :

— Dis-moi un peu, c'est vrai ce qu'on raconte aux informations ?

— Oui. Il est à l'intérieur. Ils veulent que tu parles avec lui, que tu utilises ton don et que tu confirmes qu'il est bien celui qu'il prétend être, m'a répondu Dani en faisant en sorte que le mot « don » n'ait pas l'air trop étrange dans sa bouche.

Je suis resté pensif. Je n'étais pas sûr que mon don fonctionne avec lui. J'espérais que oui, puisqu'il n'avait jamais failli jusqu'ici, mais je n'étais pas complètement sûr de moi.

Dani a respecté mon silence pendant presque trente secondes, mais il n'a pas tardé à interrompre mes pensées.

— Tu as cessé de dormir ?

La conversation prenait un tout autre tour et je ne m'y attendais pas. J'ai supposé qu'il voulait que je me détende. J'ai sorti les deux seringues de ma poche et je les lui ai montrées. Il les a regardées avec des yeux pleins de désir, comme s'il s'était agi de deux petits pains à l'époque de la Crise de 1929. Je crois qu'il n'en avait jamais vu d'aussi près.

— Elles sont vraies ? m'a-t-il demandé en les caressant comme s'il s'était agi d'un chat.

— Vu ce qu'elles m'ont coûté, il vaudrait mieux.

— Et qu'est-ce que tu attends ? m'a-t-il rétorqué en les approchant de sa peau.

— Je ne sais pas, j'attends le bon moment.

— Et l'autre, elle est pour qui ? a-t-il ajouté en me les rendant avant de céder à la tentation de se l'injecter lui-même.

Ah, oui, j'avais oublié de vous dire que chaque fois qu'on achetait une dose, on nous faisait cadeau d'une deuxième. Ce n'était pas une promotion, une offre de deux produits anti-sommeil pour le prix d'un ; c'est juste que la quantité nécessaire pour fabriquer une dose était la même que pour en fabriquer deux. Donc ça revenait au même : la deuxième était gratuite.

J'avais bien essayé de les dissuader, je n'avais aucune envie d'en avoir une deuxième, j'aurais pré-féré une ristourne sur la première, mais rien à faire. À vrai dire, je n'avais pas réfléchi à la question que Dani venait de me poser, j'ignorais à qui donner la seconde.

— Tu la voudrais ?

Je savais qu'il voulait cesser de dormir. Il en avait parlé des centaines de fois, mais son salaire ne le lui permettait pas.

— Je ne peux pas te payer, m'a-t-il répondu en rougissant comme chaque fois qu'on lui faisait un compliment exagéré.

— Je ne veux pas te la vendre, Dani, je te l'offre.

— Je ne peux pas te payer, je suis désolé.

81

Puis il a ajouté en baissant la vitre teintée :

— Le chef t'attend à l'entrée, il veut te parler avant que tu voies l'étranger.

Il a prononcé le mot « étranger » au moment où la vitre disparaissait entièrement. Je savais que je ne devais plus poser de questions car nous n'avions désormais plus d'intimité, mais je n'ai pas pu m'en empêcher :

— Vous l'appelez l'étranger ?

Dani a hésité à me répondre, il a jeté un regard vers le Péruvien, puis vers moi, il a dû se dire que le risque de fuite était minime ou que l'information n'avait pas grande valeur.

— Oui, c'est ce qu'ils ont décidé. Jusqu'à ce que ses origines soient confirmées, il s'appellera « l'étranger ».

La voiture a freiné. Nous étions arrivés au bâtiment central. J'ai aperçu les chaussures de mon chef à côté du véhicule.

J'attendais que Dani ouvre la porte mais il n'en a rien fait, il demeurait immobile, comme s'il avait encore quelque chose à me dire. Je l'ai regardé comme pour l'inviter à se lancer. Mais il tardait et les chaussures de mon chef semblaient plus nerveuses, pressées par l'attente. On aurait dit qu'elles faisaient des claquettes.

— Je te remercie pour ta proposition, a-t-il fini par lâcher en rougissant à nouveau. Tu n'es pas sans le savoir, cesser de dormir est ce que je désire le plus au monde. Laisse-moi deux heures pour réunir un peu d'argent et, si ça te semble suffisant, je t'achèterai la deuxième seringue.

Il a ouvert la porte tellement vite que je n'ai même pas eu le temps de lui répondre. J'adorais la fragilité de Dani. J'ai souri au Péruvien avant d'abandonner son territoire.

— Moi, je crois que l'étranger est un extraterrestre, m'a-t-il annoncé en souriant. Bonne chance pour votre don, on verra bien ce que vous découvrirez.

J'avais toujours pensé que cette vitre teintée ne servait pas à grand-chose. Quand on la relevait, je sentais la respiration du Péruvien, qui buvait nos paroles. Il les absorbait, les assimilait, les digérait, puis il nous regardait, alors que nous pensions qu'il ne s'était rendu compte de rien.

Cela dit, que le Péruvien nous entende ou pas de l'autre côté de la vitre avait sans doute bien peu d'importance. Quant à vous, vous devez être en train de vous demander quel est ce « don ». Ce que je fais dans la vie.

La peinture, comme vous l'avez sans doute compris, n'a été qu'un hobby dont je n'ai jamais fait mon métier. Je crois que rien n'est plus difficile que d'admettre que notre veine artistique ne nous offrira jamais d'avenir professionnel.

Il y a quelque chose de désolant, de triste, dans le fait de sentir qu'on est comme toutes ces personnes pour qui travail et création ne vont pas de pair.

Mais ça ne veut pas dire que j'ai abandonné la peinture, non. Je peins encore dans mes moments de temps libre. Mais pas pour de vrai, pas sur des toiles, plutôt dans mon imagination. Et à dire vrai, j'ai pas mal de temps morts ; mon travail ne m'occupe pas plus que ça, disons que ce n'est pas quelque chose de très courant.

Je ne saurais dire si c'est le don qui m'a trouvé ou si c'est moi qui l'ai trouvé.

— On compte beaucoup sur toi, Marcos, m'a dit mon chef dès que j'eus posé un pied au sol.

Puis il m'a serré la main si fort que j'ai cru que deux de mes doigts allaient se fracturer.

Mon chef était un Belge d'une soixantaine d'années, il avait été champion olympique de tir à l'arc. Je ne l'avais vu tirer qu'à une occasion, et une expression de pur plaisir avait irradié son visage au moment où il avait empoigné son arc. J'aime les gens dont le visage se réveille en même temps que la passion de leur vie.

Ma mère pensait que le monde serait bien meilleur si notre moi sexuel envahissait notre moi de tous les jours. Quand j'avais quinze ans, elle m'avait expliqué qu'il y avait en fait deux personnes en moi : mon moi sexuel et mon moi de tous les jours.

— Ton moi sexuel, Marcos, tu ne le connais peut-être pas encore, m'avait-elle lancé dans un théâtre d'Essen, alors que nous étions assis face à la scène juste avant une répétition générale. Bientôt, tu le ressentiras. Il fera son apparition à certains moments de ta vie : quand tu désireras quelqu'un, quand tu feras l'amour ou bien à d'autres moments parfaitement invraisemblables.

» Ton moi sexuel est ce que tu as de plus important dans la vie, car il entrera en activité dès que tu pénétreras dans un endroit où tu n'es jamais allé. Tu le verras fureter, chercher ce qu'il désire, tomber amoureux, s'enflammer, se passionner.

» Tu n'as peut-être encore jamais ressenti ça, mais bientôt, quand tu connaîtras du monde, tu finiras par te demander ce que ces gens signifient dans ta vie.

» Il te suffira d'entrer dans un avion pour savoir sur-le-champ quelles personnes tu désires, quelles personnes sont susceptibles d'éprouver de l'amour pour toi ou lesquelles sont susceptibles de t'inspirer de l'amour, et avec lesquelles tu aimerais faire l'amour.

» C'est quelque chose d'inné et tu dois bien comprendre que désirer, ressentir des choses, n'est pas un mal. Ça fait partie de ton moi sexuel. Ton moi de tous les jours, ton moi bien élevé voudra éteindre ton moi sexuel, le rendre docile, présentable aux yeux de la société.

» Et pourtant, Marcos, comment connaître les gens qui nous entourent si nous ne savons pas comment ils sont réellement, si nous ne connaissons pas leurs halètements, leurs désirs sexuels, leur façon de dévoiler leurs passions les plus extrêmes… ? Comment se fait-il que nous ne connaissions pas tout cela ? Alors que nous serions tellement plus heureux si c'était notre moi sexuel qui contrôlait notre vie, et si notre visage arborait le bonheur de la passion.

La répétition générale avait fini par commencer à Essen et ma mère avait dès lors oublié ma présence.

Je me souviens de chacun de ses mots. Je n'ai jamais osé appliquer ce qu'elle m'avait dit à l'époque, mais je sais qu'elle ne faisait nullement allusion à des orgies, elle n'insinuait pas non plus qu'il fallait suivre nos désirs à tout bout de champ.

Elle entendait par là que le bonheur que nous éprouvons dans un lit doit pouvoir être reproduit dans un bureau, ou par une triste journée d'hiver, alors qu'on se promène dans la rue ou qu'on attend l'autobus.

Quand mon chef empoignait son arc, je crois que son moi sexuel faisait irruption. Il émettait un son pareil à ces minuscules halètements de passion. Et il resplendissait tout entier, comme jamais je ne l'avais vu jusqu'alors. Ce jour-là, je m'étais dit que ma mère avait raison et je l'ai un peu mieux comprise.

— Je ferai de mon mieux, ai-je répondu à mon chef tandis que nous pénétrions dans les bureaux.

Voilà qui aurait été une bonne réponse au discours de ma mère à Essen.

Mais je ne lui avais rien dit. Avec ma mère, bien des conversations demeuraient en suspens. Les conclusions n'étaient pas son fort, qu'il s'agisse de discussions, d'entretiens ou de spectacles de danse.

Mettre un point final, disait-elle, ça facilite la vie. Les points de suspension, en revanche, ça rend intelligent.

Elle me manquait à un point… Je n'avais pas imaginé que sa perte me ferait aussi mal. J'avais envie de pleurer mais je n'y parvenais pas. À peine une larme solitaire sur un balcon. On ne peut pas vraiment appeler ça pleurer. Pleurer, c'est au minimum deux ou trois larmes ; une seule, c'est juste avoir de la peine.

Nous nous sommes dirigés vers les sous-sols. Endroit logique pour enfermer l'étranger. Les visages de tous ceux que nous croisions me regardaient avec espoir. Ils étaient tous au courant de mon don et de ce que j'étais capable de faire.

Mon don… Difficile à expliquer. Comment j'ai appris à l'utiliser, voilà qui est encore plus étrange à raconter. Comment j'ai fini par travailler pour eux, pas simple à expliquer non plus.

Mais je tiens à vous raconter tout ça. Certains détails font partie de nous, ils font que nous sommes comme nous sommes. Et ce don me définissait.

Pourtant, je l'utilisais peu. Je n'aimais pas y avoir recours dans ma vie de tous les jours. Je le gardais presque toujours en veille. Je me sentais plus vivant comme ça. Si mon don avait été activé au moment où j'ai vu la fille du Teatro Español, je n'aurais peut-être pas ressenti la même chose à son égard.

J'ai éprouvé quelque chose de primaire, de très authentique. Tomber amoureux d'une attente. J'ai repensé à elle : elle devait encore se trouver à l'intérieur du théâtre, un sourire aux lèvres, prenant plaisir à voir l'histoire de ce commis voyageur se dérouler sous ses yeux.

Comment pouvait-elle à ce point me manquer alors que je ne la connaissais même pas ? L'être humain est à la fois magique et indescriptible. J'ai ressenti quelque chose de particulier en me souvenant d'elle.

La première fois que j'ai fait l'expérience de mon don, c'était aussi dans un théâtre. J'avais dix-sept ans. Il paraît que c'est à cet âge que les dons font leur apparition. Ce jour-là, j'avais fait la connaissance d'une danseuse dans les loges, elle était nouvelle. Ma mère comptait sur elle pour renouveler le style de sa chorégraphie.

J'étais tombé sur elle au fin fond d'un vestiaire, à Cologne, et soudain, sans que je comprenne pourquoi, il m'avait suffi de la regarder pour connaître sa vie entière.

Ses rêves, ses désirs, ses mensonges m'étaient parvenus. Ses sentiments, ses passions m'avaient été transmis de façon absolument claire, comme par rayonnement infrarouge.

J'avais perçu la douleur que lui avait causée la mort de son petit frère. Une douleur intense, en partie due à sa culpabilité de l'avoir laissé tout seul à la maison. J'avais aussi senti la tristesse qui l'envahissait chaque fois qu'elle faisait l'amour avec des inconnus. Elle n'aimait pas ça, elle avait été violée à l'âge de quinze ans et, pour elle, le sexe n'avait rien d'agréable, elle avait juste l'intuition d'un devoir à accomplir, mais bien malgré elle.

En plus de ces deux sentiments profonds, une douzaine d'autres étaient parvenus jusqu'à moi. C'était comme creuser dans sa vie, mais sans le faire exprès. Mon visage s'était couvert de ses émotions, au point que j'avais dû partir, m'éloigner d'elle. J'ignorais ce qui venait de se passer mais le fait est que j'avais vu sa vie, ses points faibles et même ce qui la mettait à l'aise, ce qui la rendait fière.

Sa haine à l'égard de ma mère était aussi parvenue jusqu'à moi. Une haine si forte et si terrible que j'en étais arrivé à penser qu'elle serait parfaitement capable de la tuer.

Mais je ne l'avais pas dit à ma mère, car je pensais que rien de cela n'était vrai.

Deux mois plus tard, cette danseuse lui avait planté une paire de ciseaux en plein cœur. Rien de grave, en fait, mais deux centimètres plus à gauche et ma mère était tuée.

Au service des soins intensifs, j'avais raconté à ma mère ce que j'avais ressenti au moment où j'avais recontré celle qui l'avait agressée. Elle m'avait regardé, avait pris son temps et m'avait dit :

— Tu as un don, Marcos. Apprends à l'utiliser et ne le laisse jamais t'utiliser.

Nous n'avons plus jamais reparlé de mon don. Son cœur a repris du poil de la bête. D'ailleurs, ça ne l'avait jamais vraiment inquiétée, vu le mépris qu'elle vouait à cet organe qu'elle considérait comme le plus surestimé qui soit. Je crois bien que c'était son œsophage qui contrôlait ses émotions les plus importantes.

— Tu veux entrer voir l'étranger tout seul ? m'a demandé mon chef.

J'ai acquiescé. Puis j'ai demandé avant d'entrer :

— Ça fait combien de temps que vous l'avez enfermé ?

— Trois mois.

— Il est bouclé ici depuis trois mois ? me suis-je insurgé.

— On a essayé des tas de méthodes, mais on n'arrive pas à savoir s'il est d'ailleurs ou pas. Faudrait voir si ton don a un avis sur la question.

S'ils avaient fait appel à moi, c'était parce que j'étais leur dernière chance. Avant moi, des tas de gens avaient dû passer le seuil de cette porte : des militaires, des psychologues, des médecins et même des bourreaux d'élite. Et tous devaient s'être heurtés à un mur, vu que dans les hautes sphères mon don n'était guère apprécié.

— Et comment se fait-il que la presse soit au courant ?

Mon chef devenait de plus en plus nerveux. Je crois qu'il n'avait pas très envie que je lui pose des questions, il voulait juste que je lui apporte des réponses.

— Ça a filtré, j'imagine, a-t-il marmonné.

— Eh ben, si j'en crois ce que j'ai vu à la télé, vous en avez à peine pour quelques heures avant que les médias cherchent à faire sa connaissance.

— C'est bien pour ça que tu es ici, m'a-t-il alors rétorqué, pressé de me voir entrer dans la pièce une bonne fois pour toutes.

— Vous devez éteindre toutes les caméras, pour éviter les interférences.

Son visage a changé du tout au tout ; il n'avait pas l'intention de rompre les communications avec cette pièce.

— Pour une fois, tu ne peux pas essayer de faire fonctionner ton don avec les caméras en marche ?

— Il ne fonctionnera pas. Les ondes électromagnétiques m'empêchent de distinguer le vrai du faux. Ce qui est imaginaire et ce qui s'est réellement passé.

Mon chef s'est frotté le visage ; il n'aimait pas ça du tout. J'ai pensé qu'il aurait bien du mal à faire accepter ma demande par ses supérieurs. Ça n'allait pas vraiment les amuser de rater ce grand moment avec l'étranger.

— D'accord, on éteindra tout. Et toi, fais ce que tu as à faire pour obtenir des infos.

Il est parti et moi, je me suis retrouvé tout seul devant cette porte.

8.

La jeune femme portugaise
et le boulanger qui aimait
les chevaux

Avant de tourner la poignée pour entrer, j'ai laissé le don pénétrer en moi. Ce n'était pas douloureux, juste un drôle de mélange d'étrangeté et de plaisir.

Je ne vous ai pas beaucoup parlé de mon don, mais sachez que lorsque je le laisse m'envahir, je me sens tout-puissant.

Le don me fait pressentir… Bon, en fait je n'aime pas trop ce mot… Disons qu'il me « donne » d'emblée le souvenir le plus terrible et aussi le plus agréable de la personne que je suis en train de regarder droit dans les yeux.

J'ai vu des crimes horribles, des désirs assouvis, de la douleur insupportable, de la terreur psychologique et tout de suite après de l'amour sans limite, de la passion effrénée et du bonheur extrême.

Au tout début, quand j'observe la personne, des sentiments contraires me parviennent. La bande-annonce d'un duel de sentiments. Ils arrivent jusqu'à moi, je vois la séquence montrant leurs deux grands moments, puis j'en reçois douze supplémentaires. Comme une suite qui va de l'horreur au plaisir. Comme les numéros du loto.

Non plus deux minutes de bande-annonce mais quatorze secondes de *teasing*.

Ce sont parfois ces douze moments qui me livrent les clés de la personne que j'examine. Il arrive en effet que les extrêmes soient si éloignés l'un de l'autre qu'ils ne m'aident pas à comprendre cette personne. Les extrêmes ne nous définissent pas.

Je me souviens de ma première collaboration avec la police. Mon boulanger de la place Santa Ana m'avait vendu un pain. Ce jour-là, mon don était en marche et soudain j'avais pu voir en détail comment il assassinait sa femme et, tout de suite après, j'avais senti son amour pour les chevaux. L'équitation était sa passion. Sa passion pour les animaux était éclipsée par la mort douloureuse qu'il avait infligée de ses propres mains à un être humain.

J'étais allé trouver la police. Je n'arrive toujours pas à comprendre la raison qui a poussé cet inspecteur à me croire. C'est justement lui qu'aujourd'hui j'appelle chef. Des années ont passé, nous avons tous les deux changé physiquement, mais pas tellement dans le fond.

Je lui avais raconté tout ce que j'avais perçu du boulanger, je me souviens encore de la scène : il avait décroché son téléphone et sans même hésiter il avait dépêché une patrouille sur place. Elle avait découvert le cadavre de l'épouse, que le boulanger était sur le point d'enfourner pour en faire de la nourriture pour chevaux.

Je m'étais senti tellement inutile quand il m'avait raconté ça, quand il m'avait montré les photos du cadavre découpé en morceaux… J'avais été incapable de sauver la vie de cette femme. Elle était morte, car ce don me fournissait les images seulement après coup.

Jamais il ne me montrait l'avenir, jamais il ne me donnait à voir des assassinats en projet, des rêves louches, horribles mais pas encore mis à exécution.

Jamais il ne m'informait des désirs, il me transmettait juste des réalités. Dans le cas de la danseuse, j'avais perçu la haine à l'égard de ma mère mais je n'aurais jamais cru que cette haine se transformerait en tentative d'assassinat.

Je m'étais rendu à l'enterrement de la femme du boulanger.

Je me sentais très mal, j'avais l'impression d'être complice de cet assassinat puisque j'avais en quelque sorte été témoin de cet instant.

Avec du retard, certes, j'avais assisté à sa mort tel un convive de pierre. C'était dur à supporter. J'étais comme une bande vidéo, la séquence était gravée en moi mais je n'y avais pas assisté en direct. L'observateur macabre d'une émission en différé.

Mon chef avait lui aussi assisté à l'enterrement. Il m'avait observé sans mot dire. À la sortie, il m'avait invité à boire un café glacé. Une fois attablés dans cet horrible bar du cimetière, il était allé droit au but.

— Tu aimerais travailler avec moi ?

— Avec la police ?

— Oui. Quoique je préférerais que tu sois juste en contact avec moi, histoire d'éviter…

— Les moqueries ?

— Les malentendus, avait-il précisé en choisissant bien le mot, ce qui m'avait plu car c'est ce qu'aurait fait ma mère en pareilles circonstances.

Je lui avais répondu que je devais y réfléchir.

J'avais ce don depuis plus de six ans et je n'avais jamais imaginé qu'il pouvait être d'une quelconque utilité, mis à part découvrir les bizarreries des gens, puisque je pouvais observer tout à la fois leur méchanceté et leur extrême bonté.

— Je peux te demander un service ? avait-il ajouté quand je m'étais levé sans même avoir bu une gorgée.

Je savais ce qu'il avait l'intention de me demander. Quand je parle de mon don aux gens, ils veulent tous que j'en fasse usage sur eux. Que je leur révèle ces deux états extrêmes qui cohabitent en eux, et les douze sentiments contigus.

— Vous voulez connaître vos extrêmes ? ai-je demandé sans tourner autour du pot, histoire de lui faciliter la tâche.

Il avait acquiescé tout en finissant goulûment son café glacé. J'avais activé mon don et je l'avais regardé droit dans les yeux.

— Vous avez tué un détenu, ce n'était ni prémédité ni intentionnel, lui ai-je dit en visionnant clairement cette séquence dans ma tête. Ce n'est pas vous qui avez causé ce malheur, mais un policier barbu d'une cinquantaine d'années, sauf que vous vous sentez coupable de cette mort. Vous n'avez jamais réussi à l'oublier.

Il avait pâli. Ce ne doit pas être très agréable de se retrouver au bar d'un cimetière, face à un inconnu qui dévoile notre plus grand secret.

— Vous avez une maîtresse. Une jeune femme portugaise. Elle est votre grande joie, l'autre extrême. Le vendredi, en fin d'après-midi, vous vous retrouvez dans sa maison, près d'une rivière. Vous vous sentez très jeune en sa présence. Ces heures que vous passez auprès d'elle sont votre grand bonheur.

Il n'avait rien dit. D'ailleurs, je m'étais rendu compte à ce moment-là que nous étions vendredi :

cet élégant costume et cette odeur d'eau de Cologne n'étaient sûrement pas une marque de respect à l'égard de l'épouse du boulanger ; ils étaient plutôt pour la jeune femme portugaise, qui devait avoir dans les quarante ans.

Il n'avait rien dit. Et moi, j'avais fini par quitter le bar.

Une fois dans la rue, je m'étais demandé si je devais ou non accepter son offre. En voyant la bonne centaine de tombes autour de moi, je m'étais dit que ce n'était pas pour moi.

J'avais attendu deux ans avant de finir par accepter. Ce qui ne nous avait pas empêchés, entre-temps, de devenir bons amis. J'avais connu la jeune femme portugaise, je m'étais rendu sur la tombe de l'homme qui avait assassiné le fameux détenu. Ce policier barbu était son père. Il n'avait jamais eu le courage de le dénoncer, mais m'en parler l'aidait à se sentir mieux.

Pourquoi ai-je accepté de travailler pour lui ? Je crois qu'il fallait que je donne un sens à mon don. J'en avais besoin. Nous avons tous envie que nos actes aient un sens.

Devant cette porte, sur le point de tourner la poignée et de faire la connaissance de l'étranger le plus célèbre au monde, je sentais que mon don prenait véritablement sens.

Si l'étranger était conforme à ce qu'en disait la télévision, l'image que je pourrais obtenir de lui allait servir à connaître son histoire, son origine et même ses intentions à l'égard de notre planète.

La bonté et la méchanceté sont comme les points

cardinaux de chacun. Un peu comme dans ce jeu où il faut réunir quatorze points pour obtenir une image.

Les quatorze points étaient entre mes mains.

J'ai inspiré profondément, j'ai activé mon don, je l'ai réglé au maximum, et j'ai ouvert la porte.

9.

Pluie rouge sur l'enfance

Je m'attendais, en ouvrant la porte, à tomber sur un être visqueux. Peut-être parce que c'était l'idée que je me faisais des créatures venues d'un autre monde.

Viscosité, oui, c'était le mot que j'avais en tête. Je ne sais pas pourquoi, mais je ne pouvais pas me défaire de cette image.

J'ai ouvert la porte avec une certaine appréhension. Il était là, assis au beau milieu de la salle d'interrogatoire. Il ne me regardait pas, il regardait par terre, mais il n'avait rien de visqueux.

Il devait avoir quatorze ans et avait l'air très « humain », au sens traditionnel du terme. Et pas du tout visqueux.

Physiquement, il ressemblait beaucoup à Alain Delon dans *Plein soleil*. Il respirait la vitalité et il était incroyablement beau. Il avait beau garder le regard rivé au sol, on pouvait deviner ses grands yeux et ses cheveux semblaient extrêmement doux.

Il n'a rien dit, il n'a même pas regardé vers moi.

Je me suis assis devant lui. Il y avait entre lui et moi une petite table blanche, carrée, couverte d'inscriptions griffonnées par les détenus quand on les laissait seuls. J'ai lu à la volée des phrases du genre : « je suis innocent… je n'ai rien à faire ici… mes droits n'ont pas été respectés… »

Il ne décollait pas les yeux du sol. On aurait dit un adolescent timide.

Les vêtements qu'il portait lui avaient été prêtés par l'institution qui le retenait prisonnier ; ils rappelaient un pyjama bleu d'hôpital. Le col était très lâche et on pouvait apercevoir un bout de sa peau, une peau normale.

Je lui ai dit : « Salut. » Il ne m'a pas répondu. Je crois bien qu'il n'avait même pas remarqué ma présence, ou bien je ne l'intéressais pas le moins du monde.

Il n'avait pas l'air étranger, et encore moins étrange. C'était juste un gosse.

J'ai cherché son regard pour obtenir ce que j'étais venu chercher, mais j'ai tout de suite remarqué que mon don ne fonctionnait pas. Contrairement à ce que j'avais demandé, les appareils électroniques et les dispositifs d'écoute étaient restés branchés.

Je leur ai fait signe à travers le miroir qui trônait dans la pièce et j'ai montré du doigt toutes les caméras qui causaient des interférences.

J'ai attendu quelques secondes, l'étranger a croisé les jambes. Son indifférence commençait à me rendre nerveux.

J'ai senti qu'on éteignait un à un les appareils électroniques et j'ai remarqué que mon don gagnait en puissance et en intensité. Un plaisir étrange prenait possession de moi. C'était comme ressentir une couleur chaude et agréable.

Une fois la dernière écoute déconnectée, je me suis enfin senti seul. Les autres nous observaient à travers le miroir, mais ils ne pouvaient pas entendre ce que nous disions, ils ne pouvaient pas non plus zoomer sur telle ou telle partie de nos visages.

L'étranger et moi étions seuls. Je me suis senti puissant.

— Ta mère est morte hier, pas vrai ? m'a demandé l'étranger sans même lever les yeux.

Mon cœur et mon œsophage ont chacun fait un bond. Je ne savais pas comment réagir.

C'était un peu comme avoir des missiles pointés sur une cible et, au moment de les lancer, on s'aperçoit qu'une bombe atomique fonce droit sur nous. Comment pouvait-il donc savoir… ?

J'ai pris mon temps, je ne voulais pas avoir l'air nerveux. J'ai à nouveau cherché son regard mais il gardait la tête basse, comme s'il m'avait simplement demandé l'heure ou le temps qu'il ferait demain.

J'ai entrepris de me calmer, je ne voulais surtout pas donner l'impression que j'avais peur.

— Tu as peur. Tu sens que ta vie n'a pas de sens maintenant que ta mère s'en est allée. Elle te manque, vous avez parcouru le monde tous les deux ensemble. Toi et elle, toujours toi et elle. Ça doit faire très mal… C'est le pire moment de ta vie, pas vrai ?

À cet instant, il a levé les yeux. Alors j'ai compris : cet étranger avait mon don. Pour la première fois de ma vie, j'ai compris ce que ressentaient les gens que je radiographiais sans scrupule.

Mon visage a probablement reflété une peur immense, car la voix de mon chef a résonné dans la pièce. Il a demandé sur un ton menaçant :

— Tout va bien, Marcos ? Tu as besoin d'aide ?

— Ça va. Rééteignez tous les systèmes d'écoute, s'il vous plaît.

Ils s'exécutèrent. L'extraterrestre s'est tu quelques secondes avant de reprendre.

— Ta mère était-elle aussi gentille que je le pressens ? Huit de tes douze souvenirs sont liés à elle.

Je n'ai pas répondu. J'ai tenté de pénétrer en lui, de parvenir à un équilibre. Mais quelque chose m'en empêchait, et ce n'étaient pas les interférences.

Il a souri.

— Tu as connu une fille aujourd'hui ? Tu as ressenti un grand plaisir, pas vrai ? Tu devrais aller la chercher avant qu'elle ressorte du théâtre. Tu n'as pas idée de l'importance qu'elle aura dans ta vie. Sérieusement, vas-y, va voir le commis voyageur. Je sais que ce n'est pas le moment le plus plaisant de ta vie, mais…

— Arrête !

Je me demande encore pourquoi j'ai crié, pourquoi je ne voulais pas qu'il continue. Mais il y avait quelque chose, dans sa façon de farfouiller illégalement dans mes sentiments, qui m'insupportait ; je n'avais aucune envie qu'il me raconte quel avait été le plus grand plaisir de ma vie.

Je voulais que mon moment de grand bonheur demeure une inconnue, car j'avais toujours hésité entre deux ou trois instants susceptibles d'être les plus heureux. Et j'avais la ferme intention de continuer à hésiter pour le restant de mes jours.

Quelle horreur, qu'on te fasse la liste de tes sentiments et de tes passions. Je n'avais jamais imaginé qu'il en soit ainsi.

— Qui es-tu ? ai-je fini par lui demander.

Il m'a regardé, il a pris le verre d'eau posé devant lui sur la table et il a bu lentement.

— Ce n'est pas toi qui étais censé répondre à cette question ?

— Oui, mais…

— Tu es bloqué, n'est-ce pas ?

Il a souri pour la seconde fois. Je n'ai pas aimé ce deuxième sourire. J'ai poussé mon don au maximum de ses capacités. Je me suis concentré comme jamais je n'avais eu besoin de le faire jusque-là. Mais je n'ai rien obtenu du tout : c'était comme s'il m'en empêchait.

— Tu viens d'ailleurs ? lui ai-je demandé innocemment.

Il a ri d'un rire sain et amusé, inimaginable chez quelqu'un venu d'une autre planète.

— Tes supérieurs ne t'ont rien dit ?

— Non.

— Tu veux que je te le dise moi-même.

— Si ça ne t'embête pas…

Il s'est approché de moi tant bien que mal. J'ai vu ses mains entravées par des menottes qui le retenaient à la table. Il s'est approché un peu plus et il a murmuré :

— Je sais que ta mère appréciait ce genre de communication.

Il a continué à murmurer, mais son ton a changé, il est devenu plus douloureux :

— Aide-moi, je dois partir d'ici immédiatement.

Ma peau s'est hérissée quand j'ai entendu ces mots. Qui était donc cet étranger qui en savait si long sur moi et qui semblait avoir tellement besoin de mon aide ? Je me suis mis à transpirer.

— Je ne peux pas, je suis désolé, ai-je répondu sans même réfléchir.

— Tu ne veux pas ou tu ne dois pas ?

J'ai avalé ma salive. Quelque chose en lui me faisait peur.

— Tu n'étais pas censé me dire qui tu es ? ai-je insisté.

— Fais-moi d'abord sortir d'ici.

Pour la première fois, il avait l'air angoissé.

— Ils ne vont rien te faire, lui ai-je répondu. Dis-moi qui tu es.

— Ils m'ont déjà fait de tout.

Soudain il s'est tu. Lentement, j'ai perçu une image qui parvenait jusqu'à moi, j'ai senti qu'il la laissait venir à moi. Il avait décidé de se révéler en images plutôt qu'en mots.

J'ignorais de quel souvenir il s'agissait, car il ne m'arrivait pas de façon conventionnelle. Cela pouvait être l'un des deux extrêmes ou l'un des douze autres moments.

Et c'est arrivé…

C'était une image heureuse.

Un garçonnet souriant qui jouait au foot avec son père. L'enfant ressemblait énormément à l'étranger. C'était lui, petit. Il avait l'air terriblement heureux jusqu'à ce que, soudain, il se mette à pleuvoir ; alors le père et son fils couraient se réfugier sous un arbre en riant.

Des images comme celle-ci, j'en avais vu des centaines chez les gens que j'avais examinés. Le bonheur d'un père et de son fils ; une chose que je n'avais jamais vécue mais qui faisait invariablement partie des douze sentiments fondamentaux que les gens retenaient.

106

Mais, tout à coup, j'ai remarqué quelque chose d'étrange dans les images que je percevais. La pluie qui tombait était différente. Elle était rouge.

De la pluie rouge. Mais ni le père ni le fils ne semblaient s'en émouvoir. Ils regardaient ce ciel nocturne et j'ai pu constater qu'il n'y avait pas de lune, juste une planète pentagonale trônant tout en haut de ce ciel.

La pluie continuait à tomber, d'une couleur rouge toujours plus intense. Oui, c'était un souvenir heureux, mais ce que l'étranger voulait me montrer, ce n'était pas ce sentiment mais plutôt le cadre dans lequel cela avait eu lieu. Et cet endroit, je peux vous le jurer, ce n'était pas la Terre.

Je ne saurais dire où cela se trouvait, mais c'était l'endroit le plus étrange qu'il m'ait jamais été donné de voir.

L'image a disparu et l'étranger m'a regardé.

Il a murmuré :

— Tu vas m'aider, maintenant ?

10.

Sans le connaître,
je ne pourrai pas entrer en lui

Je suis ressorti de la pièce. J'avais besoin de m'éloigner de lui, de ce qu'il m'avait montré. Dehors, de l'autre côté de la porte, je me suis senti mieux. Enfin, un peu perturbé quand même.

Quelques secondes plus tard, mon chef a débarqué en compagnie de Dani. J'ai lu sur son visage la soif de savoir. M'observer sans pouvoir m'entendre avait redoublé son inquiétude.

Sans même les laisser parler, j'ai pris les devants :

— Je ne sais rien sur lui. Mon don ne fonctionne pas en sa présence, j'ai besoin que vous me disiez tout ce que vous savez. Sans le connaître, je ne pourrai pas entrer en lui.

Je n'avais jamais imaginé que j'aurais à prononcer ces mots un jour. Moi qui avais toujours tout su des gens sans même avoir besoin d'échanger deux mots avec eux.

Soudain, ses mots me sont revenus aux oreilles : tu dois rencontrer la fille du théâtre. Pourquoi était-il donc si important que je parle avec elle ? Comment pouvait-il être au courant de son existence ? Avait-il lu tout cela en moi ? Son souvenir était-il si profondément ancré en moi qu'il faisait désormais partie des douze souvenirs de base de ma vie ?

— Accompagne-moi dans mon bureau, m'a dit mon chef, visiblement contrarié.

Tandis que nous parcourions le long couloir, mon chef a parlé au téléphone avec deux de ses supérieurs. Il leur a expliqué que je n'avais pas atteint mon objectif.

J'ai profité de cet appel pour me rapprocher de Dani ; j'avais besoin de m'entretenir avec lui sur un point, sans que le chef nous entende.

— Essaie de savoir à quelle heure finit la pièce qui est jouée en ce moment au Teatro Español ; c'est *Mort d'un commis voyageur*.

— Combien de temps dure la pièce qui est jouée au Teatro Español ? m'a-t-il demandé surpris, en essayant de faire le lien avec l'affaire qui nous préoccupait.

— Oui, il faut que j'y sois juste au moment de la sortie du public. Vérifie qu'on te donne bien l'heure exacte. Ils vont te répondre que ça dure environ deux heures, mais il me faut une information plus précise. Allez, vas-y.

Dani est parti au pas de course, sans hésiter une seule seconde. Moi, j'ai suivi mon chef, qui continuait à se faire enguirlander. À l'évidence, il était de mauvaise humeur ; il ne devait pas comprendre pourquoi pour la première fois son arme secrète avait raté sa cible.

Nous sommes entrés dans son bureau et il a refermé la porte à clé derrière moi.

Immédiatement après, il a ouvert le coffre-fort et en a ressorti un tas de rapports.

— Nous l'avons trouvé dans cette montagne, m'a-t-il expliqué en me montrant une photo où l'on pouvait apercevoir un énorme cratère causé par une chaleur extrême. Il n'y avait ni vaisseau spatial ni aucun engin du même genre dans les alentours, si c'est la question que tu te poses. Les satellites ont confirmé que toute la zone avait brûlé en moins d'une minute, a-t-il ajouté, nouvelles photos à l'appui. Comme tu peux le constater, sur la photo prise par le satellite à 19 h 04, la végétation est abondante, mais une minute après, tout a été dévasté, et la seule présence dans toute la zone, c'est ce garçon.

J'ai pris les images pour les regarder de plus près. C'était incroyable. L'énergie qui avait œuvré avec une telle rapidité ne pouvait provenir que d'une technologie inconnue.

— Et lui, qu'est-ce qu'il a dit quand vous lui avez montré ça ?

— Lui, il ne dit rien. Il ne dément rien et il ne confirme rien. Il nous demande juste de le relâcher parce qu'il a, paraît-il, des choses à faire.

— Quoi donc ?

— On n'en sait rien. Il ne veut rien nous dire.

Il a sorti d'autres rapports et me les a tendus.

— Voici les examens médicaux pratiqués sur lui. Tu constateras que tous les résultats sont parfaitement dans la norme, tout est conforme. Les tests psychologiques donnent des résultats similaires : juste dans la moyenne, même pas supérieurs à ceux d'un autre être humain de son âge.

— Alors pourquoi vous le gardez prisonnier ? Tout ce que vous avez, c'est un trou dans la montagne ?

— À cause de son examen osseux.

Il me l'a tendu. Je l'ai survolé, puis je suis passé directement aux conclusions. Je les ai d'abord lues en silence, puis à voix haute pour vérifier que je ne me trompais pas.

« La constitution osseuse de l'étranger est différente de la nôtre, comme s'il avait vécu dans une atmosphère différente de celle de la Terre. On n'a jamais rien vu de tel, sauf chez les astronautes qui ont passé beaucoup de temps à bord de stations spatiales. »

Mon chef ne disait rien, comme s'il avait déjà lu ça des centaines de fois. J'ai remarqué quelques photos posées à l'envers, qu'il ne me montrait pas. J'étais sur le point de les retourner quand il m'a dit :

— Ne les regarde pas.

— Pourquoi… ?

— Elles ont été prises pendant d'autres interrogatoires, rien à voir avec le tien.

J'ai d'abord hésité, puis je les ai prises.

Je les ai retournées. Et là, j'ai découvert l'horreur, les abominations qu'ils avaient pratiquées sur ce jeune adolescent. Il y avait là des humiliations de toutes sortes.

— C'est… – Pas un seul adjectif ne me venait à la bouche. – Et après tout ça, il n'a rien dit ?

— Rien.

Continuer à regarder ces photos était au-dessus de mes forces. Je les ai reposées sur la table et mon chef les a ensuite retournées.

— Qu'est-ce que vous allez faire, maintenant ?

— C'est compliqué, m'a répondu mon chef tout en remettant les documents dans le coffre-fort sans se préoccuper de l'ordre dans lequel il les rangeait.

— Mais la presse va vouloir le voir.

— Je sais.

Il s'est assis sur une chaise et s'est servi un whisky. J'ai eu l'intuition qu'il ne m'avait pas tout raconté, alors j'ai essayé d'en savoir plus.

— Qu'est-ce qu'il y a ?

— Ils veulent le découper en morceaux. Pratiquer une autopsie.

— Vous êtes sérieux ? Mais vous n'êtes même pas sûrs que...

— Justement. Des tas de gens pensent que l'étranger en est réellement un ; ils se fient à l'examen osseux, pour eux, il constitue une preuve. D'autres pensent qu'il s'agit tout simplement d'une malformation osseuse.

— Et c'est pour ça que vous m'avez appelé ? Si j'avais vu qu'il n'est pas d'ici, alors... ?

— Alors ils l'auraient découpé en morceaux sans la moindre compassion.

J'étais indigné.

— Tu m'as appelé pour...

Mon chef m'a interrompu, il était en colère.

— Ce n'est pas moi qui t'ai appelé. Ce sont mes supérieurs qui m'ont demandé de le faire. Ils savent ce que tu as réussi et ils ont besoin d'une preuve pour...

À mon tour de l'interrompre.

— Pour le tuer.

Il a acquiescé. Je sais qu'il n'aimait pas ce qu'il me disait, il avait toujours fait preuve de droiture.

— Ils disent que, vivant, il ne nous dira rien de plus, et que mort, en revanche, il peut nous en dire long. La seule chose qui leur fait peur, c'est la presse. C'est pour cette raison que l'étranger n'est pas encore mort et découpé en morceaux.

Soudain, j'ai perçu une image, un flash, un souvenir. Mon don était toujours connecté. J'ai compris qu'il s'agissait d'un autre souvenir de mon chef.

Je l'ai vu dans une cabine, en train d'appeler quelqu'un et de lui raconter l'histoire de l'étranger. C'était un acte courageux, qui le remplissait de bonheur, et ce souvenir s'était substitué à l'un des douze que j'avais déjà vus en lui. L'ordre pouvait changer, en effet, au fur et à mesure que les gens faisaient preuve de courage ou vivaient des situations dramatiques. Et, à l'évidence, ce moment-là avait été important dans sa vie.

— Qu'est-ce qui te prend ? m'a-t-il demandé, étonné.

— C'est toi qui as appelé la presse.

Il m'a regardé d'un air honteux. Puis il a de nouveau acquiescé.

— Mais ça ne servira à rien. Ils vont le faire de toute façon, ils vont le tuer. Ils ont pris leur décision. Ensuite ils inventeront toute une histoire à propos de ce garçon, ils démentiront tout ce qui se dira à son propos.

Il a avalé une autre gorgée de whisky.

— Tu crois qu'il en est un ? ai-je demandé.

— Un quoi ?

— Un étranger.

— C'est un gamin. Je ne sais pas s'il est né ici ou ailleurs, mais personne ne mérite le traitement qu'ils lui ont infligé, quelle que soit sa provenance.

On a frappé à la porte. Mon chef s'est levé, a caché la bouteille de whisky et a ouvert la porte.

C'était Dani. Il s'est assis à côté de moi et m'a fait passer un bout de papier sur lequel il était écrit : « La pièce finit dans 40 minutes, avec une marge de 5 minutes en plus ou en moins selon la durée des applaudissements. »

Il était des plus consciencieux quand il s'agissait de travail. J'ai replié le morceau de papier et j'ai regardé mon chef.

— C'est prévu pour quand ?

Dani m'a regardé d'un air étonné. Ensuite, il a regardé mon chef. Comme s'il était en train de suivre un échange dans un match de tennis, mais sans connaître la valeur du point qui était en train d'être joué.

— Dans pas longtemps, m'a répondu mon chef.

— Et si je leur dis que ce que j'ai vu est normal, qu'il n'est pas un étranger ?

— Je crois bien que ça leur est égal, Marcos. Ils voulaient juste connaître l'autre réponse. Ne te bile pas.

Mon chef s'est rassis sur sa chaise. Il a ouvert un tiroir, en a ressorti la bouteille de whisky et a bu.

J'étais en rage. J'ai revu cette image du gamin avec son père, en train de s'abriter de la pluie rouge. Je sais bien que l'étranger pouvait avoir fabriqué sa propre version de ce souvenir mais peu importe, j'avais envie de mieux le connaître.

— Sortons-le d'ici.

Mon chef n'a pas répondu non de la tête, il ne s'est pas opposé à mon idée.

Il a souri, comme s'il attendait que je dise ça.

11.

Accepter l'amour non désiré
plutôt que de le perdre pour
ensuite désirer l'obtenir

Je savais que ce ne serait pas chose facile, car les lieux étaient sécurisés. Mais il y avait quelque chose chez cet étranger… Je ne saurais dire si c'était le regard du gamin en train de courir sous la pluie rouge, ou ces planètes pentagonales, ou la façon dont il m'avait dit qu'il fallait absolument que je rencontre la fille du Teatro Español.

Mon chef s'est mis à sortir des plans du coffre-fort pour m'exposer les différentes options qui s'offraient à nous. Dani écoutait attentivement pendant que moi, je pensais à la fille du théâtre.

Je savais que pour échafauder un plan d'évasion mon opinion n'avait guère d'importance : j'ai toujours été conscient de mes limites. Je crois que c'est une de mes grandes réussites : savoir ce que je suis incapable d'atteindre, soit par manque d'intelligence, soit par manque d'intérêt.

Pourquoi l'étranger disait-il que la fille du Teatro Español était si importante dans ma vie ? Je pensais à cela pendant que les deux autres mettaient au point une stratégie. Pourquoi avais-je ressenti quelque chose d'aussi intense à l'égard de cette fille ? Si seulement la peur ne m'avait pas paralysé, si seulement j'avais osé poser plus de questions à l'étranger…

C'est qu'il y avait en lui quelque chose de fascinant. Curieusement, ça me rappelait la fascination que ma mère éveillait chez les spectateurs de ses chorégraphies, ou tout simplement chez ceux qui se retrouvaient en sa présence.

Dani était d'abord resté silencieux, avant de comprendre de quoi il retournait et quelles étaient nos intentions.

— Mais où est-ce qu'on va l'emmener ? Je veux dire, si jamais on arrive à le sortir d'ici, qu'est-ce qu'on va en faire ? Ils vont tout faire pour le retrouver.

— On ne va pas le cacher, a répondu le chef. On va juste le libérer.

— Oui, mais s'il est… – Dani avait du mal à prononcer les mots. – Si jamais il est étranger, on n'aurait pas intérêt à le surveiller ?

J'ai hésité à leur raconter ce que j'avais vu. À leur parler de la pluie rouge, de la planète pentagonale. À dissiper leurs doutes à propos de sa provenance. Mais j'ai eu peur qu'ils changent d'avis.

— Aide-nous, Dani. Fais-moi confiance, lui ai-je dit.

Dani ne m'avait jamais fait défaut. Dès que je l'avais connu, j'avais su qu'il me serait d'un grand secours.

Dani était amoureux de moi. Je l'ai su la première fois où nous nous sommes rencontrés. Ma mère m'avait enseigné depuis tout petit à accepter que les sentiments que les autres éprouvent à notre égard, même si nous ne les partageons pas, sont importants.

— Tu dois comprendre que cet amour non désiré, que ce désir non partagé est un grand cadeau que l'on te fait, m'avait-elle dit lors d'un long voyage en

122

train entre Barcelone et Paris. Ne le méprise pas juste parce que tu ne lui trouves aucune utilité.

J'étais très jeune à l'époque, et je n'avais pas compris le sens de ses mots. Pour être franc, je ne la comprenais jamais. Elle, en revanche, elle avait vécu ces amours dont elle parlait. Bien des gens étaient tombés amoureux d'elle. Sa danse, sa façon de mouvoir son corps, ses chorégraphies éveillaient toutes sortes de passions, où se mêlaient l'amour et le sexe.

Depuis tout petit, je la voyais traiter affectueusement ses soupirants, même si elle ne ressentait rien pour eux. Le simple fait que ce sentiment soit réel la nourrissait, l'aidait à se sentir plus complète.

Dans le lot, il y avait eu des hommes, mais aussi des femmes amoureuses d'elle. Ça lui était égal.

— Ne pense pas aux tendances sexuelles des uns et des autres, avait-elle un jour précisé. Elles ne reflètent que la peur de la différence, la peur de ce qu'on ne comprend pas. Tu dois juste accepter que quelqu'un projette sur toi un sentiment.

Je crois qu'elle n'a jamais couché avec une fille, mais je ne peux pas vraiment en être sûr. En effet, elle comprenait les sentiments des autres à son égard, elle s'en emplissait, et peu lui importait de qui ils provenaient.

Elle m'a aussi appris à remarquer, à distinguer et à comprendre les gens qui aiment ou qui désirent en secret. L'amour est soudé au sexe, et le sexe à l'amour, me disait-elle. Il fallait chercher le point de soudure.

— Marcos, tu dois trouver des traces de ces deux sentiments chez les gens qui t'entourent. Aller au-devant de ce désir, de cette passion, avant qu'on te l'avoue. Les désirs occultes sont le moteur de la vie.

Mon don ne m'a jamais servi à identifier des désirs occultes. Il me montrait toujours des situations réelles, des sentiments qui s'étaient concrétisés, pas des amours platoniques.

Ma mère m'avait donc appris à distinguer ces sentiments. Le jour où j'avais fait la connaissance de Dani, j'avais remarqué l'intensité de l'amour et du désir sexuel qu'il éprouvait pour moi.

Je n'ai jamais su comment ces sentiments intenses et si difficiles à dominer font pour surgir.

— Quand l'amour et le sexe s'enkystent dans l'irréalité, disait ma mère, la jouissance que la personne ressent peut se transformer en douleur. Posséder cet amour qui ne signifie rien pour toi, ce n'est pas la même chose que de le perdre. Car tu as beau perdre quelque chose que tu ne comprenais pas, tu ne l'auras plus jamais, et ça, c'est terrible.

Je suis sûr que ma mère n'a jamais perdu aucune des personnes qui l'aimaient platoniquement. Parce que, à sa manière, elle aussi les aimait. Je crois que c'est ce qui la rendait tellement puissante.

— D'accord, je vais t'aider, a répondu Dani.

Mon chef a eu un soupir de soulagement. Sans l'aide de Dani, tout lui semblait plus difficile à surmonter. Quant à moi, je savais qu'il ne m'aidait pas seulement à cause des sentiments qu'il éprouvait à mon égard, mais surtout parce qu'il avait confiance en moi, en mon instinct.

— Je dois me rendre d'urgence au Teatro Español. Appelez-moi pour me dire où on se retrouve quand vous l'aurez fait sortir de là.

Dani et mon chef n'en revenaient pas :

— Tu vas aller au théâtre maintenant ? m'a demandé mon chef.

— Je dois passer chercher quelqu'un.

— Mais…

Mon chef hallucinait littéralement.

— Je dois le faire. C'est important. En plus, j'y connais rien aux évasions, j'ai aucune idée de comment le faire sortir. Vous êtes meilleurs que moi pour ça, et je suis sûr que vous allez vous débrouiller.

Encore une chose que ma mère m'avait apprise : faire confiance aux gens qui n'ont pas nos lacunes. C'est la base du vrai talent. Cela dit, elle était tellement douée pour tout ce qui touchait à la danse qu'elle n'avait jamais eu à mettre ce conseil en pratique.

Je me suis levé. Eux, ils n'avaient pas l'air très convaincu, mais je savais que mon chef parviendrait à le faire sortir de là, même si cela devait mettre un point final à sa carrière. Dani, en revanche, ne jouait pas très gros. Par ailleurs, il était le moins convaincu des deux. Sa conscience risquait de lui jouer un mauvais tour. Les consciences sont excessivement dangereuses.

— Passe d'abord rendre visite au chef de la sécurité, au troisième étage, m'a ordonné mon chef.

— Pour quoi faire ?

— J'ai besoin d'avoir quelque chose contre lui, pour faire pression au cas où ça tournerait mal. Examine-le avec ton don et appelle-moi si tu trouves quelque chose.

Je n'aimais pas ça. Mon chef ne m'avait jamais rien demandé d'aussi peu éthique. Utiliser le don pour faire chanter quelqu'un, ça ne collait ni avec lui ni avec ma conscience.

Je savais que je ne devais pas le faire, mais bon, lui, de son côté, il n'aurait pas dû appeler la presse, et Dani n'aurait pas dû accepter de nous aider. Nous avions tous enfreint les règles morales, mais les situations désespérées engendrent des actes désespérés.

— Je le ferai, lui ai-je répondu en quittant la pièce.

12.

Il est d'ailleurs parce qu'il supporte
des douleurs inimaginables

Je n'étais jamais monté au troisième étage car mon passe ne me permettait pas d'y accéder. Et puis je n'avais pas non plus envie de savoir ce qui s'y passait.

D'une certaine façon, j'aurais voulu que le chef de la sécurité n'ait pas d'événement trouble dans sa vie ou, si jamais j'en identifiais un, j'espérais que mon chef trouverait le moyen de libérer le garçon sans avoir à utiliser l'information que j'aurais obtenue.

Je respectais trop mon don pour ça.

L'ascenseur est arrivé au troisième étage. Le chef de la sécurité était en train de fumer au bout du couloir. Je ne le connaissais quasiment pas ; il était jeune, la trentaine, ses parents étaient brésiliens mais, pour une raison qui m'échappait, il se considérait comme français. Je crois me souvenir qu'il avait dit un jour que ses grands-parents paternels l'étaient.

J'ai avancé vers lui tout en regardant l'heure. Je ne devais pas perdre trop de temps si je voulais arriver à la place Santa Ana avant la mort du commis voyageur dans un accident de voiture.

Le chef de la sécurité m'a regardé. Il me manquait trente pas pour arriver jusqu'à lui. Il n'a rien dit, il n'a pas entamé une conversation de loin, il ne m'a pas non plus dit bonjour. Il a juste fait comme s'il ne m'avait pas vu. Ça en disait long sur le genre de personne qu'il était. Il a baissé les yeux à trois reprises, a regardé par la fenêtre en fumant une cigarette.

Je suis arrivé à sa hauteur.

— Salut, je sais pas si tu te souviens de moi, je suis…

— Je sais qui tu es. C'est toi qui as le don, a-t-il ajouté avec un sourire cynique.

Je n'ai pas du tout apprécié son sourire. Je le lui ai rendu, accompagné d'une réponse laconique :

— Exact. C'est moi.

— Eh ben ça t'a pas servi à grand-chose aujourd'hui, avec l'étranger. Je dirais même que c'était carrément un fiasco.

Il me regardait d'un air de défi. Il ne m'aimait pas, c'était clair. Il n'avait pas confiance en moi.

— Ta mère, c'est bien la fameuse danseuse, c'est ça ? ajouta-t-il pendant que le sourire réapparaissait sur son visage.

J'ai compris qu'il avait mené l'enquête sur moi et que cette question était juste destinée à me faire comprendre à quel point il avait du pouvoir. Son arrogance allait me faciliter la tâche, même si ça ne rendait pas mon acte plus éthique.

— Oui, c'était bien ma mère. Elle est morte hier.

Il a avalé sa salive ; son enquête n'était pas à jour, visiblement. Je crois qu'il a marmonné un « désolé », mais c'était presque imperceptible. J'imagine que c'est un mot qu'il n'avait jamais prononcé à voix haute.

Ma mère m'avait toujours appris qu'on ne peut pas faire confiance aux gens qui ne disent jamais « désolé » ou « pardon ». C'étaient à son avis des expressions à utiliser aussi souvent que nécessaire, et il fallait les prononcer sans rougir.

Le téléphone a sonné. Il a regardé de qui provenait l'appel.

— Ces putains de journalistes vont tout foutre en l'air.

— Foutre quoi en l'air ?

Il m'a regardé la mine furieuse.

— Ne te fais pas avoir sous prétexte que cet étranger a l'air d'un gentil adolescent. Je l'ai interrogé et je n'ai peut-être pas ton don mais je peux te dire que ce mec n'est pas celui qu'il prétend être.

— Et comment tu le sais ?

— La douleur. Personne n'est capable de supporter une telle douleur.

Il a sorti une autre cigarette et l'a allumée avec la précédente, dont il ne restait presque plus rien. Je me suis alors souvenu des brûlures de cigarette sur les photos des interrogatoires. J'ai compris que toutes ces humiliations étaient l'œuvre de l'homme qui se tenait devant moi, un expert en la matière.

Je n'avais pas encore activé mon don, mais ce que je voyais me donnait la nausée.

— Et qu'est-ce que ça peut faire s'il vient d'une autre planète ? ai-je demandé, à la fois furieux et à bout de nerfs. Il n'a donc pas le droit d'expliquer d'où il vient ?

Il m'a lancé un regard étonné. Je crois bien que mes mots lui ont déplu. J'ai bien vu qu'il aurait aimé m'interroger, il crevait d'envie de savoir ce que j'avais réellement appris, de quoi j'avais parlé avec l'étranger une fois les caméras et les micros éteints. Mais il a juste tiré deux bouffées sur sa cigarette et m'a dit :

— Non, il a pas le droit.

Je n'aurais jamais pensé que la vie puisse à ce point ressembler à un film. Un étranger arrive et tout ce qu'on veut, c'est qu'il avoue qu'il en est un et quelles sont ses intentions.

Rien d'étrange à cela, dans le fond : si on traite aussi cruellement ceux qui entrent illégalement dans notre pays, imaginez un peu le sort qui attend un clandestin venu d'une autre planète.

— Tu voulais quelque chose en particulier ? m'a-t-il demandé, pressé de mettre fin à cette conversation.

— Non. Je cherchais le chef, mais je vois qu'il n'est pas ici.

— Non, il n'y est pas. Tu parles d'un don merdique.

Avant de repartir, j'ai activé mon don. Je l'ai regardé pour la première fois droit dans les yeux et je l'ai laissé me transmettre bien malgré lui ses sentiments vitaux.

Son mauvais côté était horrible. Sa vie était gouvernée par le mal. Son souvenir le plus terrible était le meurtre d'un prisonnier dans sa cellule ; il l'avait assassiné de sang-froid dans un sous-sol humide. Je percevais les humiliations, la douleur et les cris, mais impossible de distinguer le visage de la victime, ni de savoir où et quand ça s'était passé. Je n'étais pas sûr qu'il s'agisse là d'un délit susceptible d'être utilisé contre lui par mon chef. Si ça se trouve, c'était même légal.

À l'autre extrême, j'ai perçu que sa grande passion était le tir. Mais ça n'avait rien à voir avec le bonheur de mon chef quand il empoignait son arc. Le gars de la sécurité adorait tirer sur les animaux, surtout quand ils étaient de dos. Ça le remplissait de bonheur. Curieuse façon d'être heureux.

Sur l'échelle positive, j'ai vu deux relations avec deux femmes qui l'avaient fait vibrer, il y a des années. Il les avait follement aimées mais toutes deux avaient fini par le quitter.

Tout à coup, à la cinquième place, j'ai vu le souvenir dont mon chef avait besoin. Pour sûr, ce gars n'aimerait pas que les gens apprennent ça. Comme d'habitude, ce souvenir n'était ni le pire ni le meilleur. Les extrêmes ne sont pas d'une grande utilité, ce qui est fondamental se fond dans la masse, arrive en cinquième ou en sixième position.

Je suis reparti. Pour lui, seules quelques secondes s'étaient écoulées avant que je me retourne, avant que je le laisse tout seul avec ses cigarettes. Mais, en fait, durant ces quelques secondes, c'était toute sa vie qui avait défilé devant moi.

Je suis entré dans l'ascenseur. Je suis descendu au garage et j'ai regardé l'heure. Il était trop tard pour appeler un taxi, alors j'ai demandé à mon ami péruvien de m'emmener au Teatro Español. Il a accepté de bonne grâce.

Les Cranberries se sont mis à résonner dès que je suis monté en voiture. Ses dents ont brillé de mille feux. Je me rendais compte que bien des choses s'étaient passées dans ce bâtiment, et la personne qui repartait n'était plus celle qui était arrivée un peu plus tôt.

La vie peut parfois prendre un tour incroyable, au moment où on s'y attend le moins. Ma mère disait qu'un spectacle pouvait changer radicalement la vie de quelqu'un.

— C'est un extraterrestre ? m'a demandé le Péruvien au moment où nous quittions les lieux.

— Oui.

C'était la première fois que je l'admettais. En fait, j'en étais convaincu. Par ailleurs, je me suis rendu compte que, pour la première fois de ma vie, j'étais en train de suivre le conseil d'un être venu d'une autre planète. Allez savoir s'il avait raison pour cette fille, mais il fallait que j'en aie le cœur net.

Ma mère me disait toujours que, dans l'amour comme dans le sexe, tout conseil est bon à prendre, mais elle le disait avec ses propres mots :

— L'amour et le sexe nous sont parfois si étrangers que seuls les étrangers sont susceptibles d'y comprendre quelque chose.

13.

Rêver sans toile.
Peindre sans couleurs

Durant le trajet de retour vers la place Santa Ana, j'étais plus inquiet qu'à l'aller. Je n'arrêtais pas de regarder ma montre. J'étais paniqué à l'idée d'arriver trop tard.

J'ai rapidement expliqué au Péruvien qu'il fallait que j'y sois à telle heure et je l'ai encouragé à forcer sur l'accélérateur. Il a refusé : les excès de vitesse, m'a-t-il expliqué, augmentaient les risques d'accident. Jusqu'ici, je n'étais monté à bord de sa voiture que pour passer d'un bâtiment à l'autre, à l'intérieur du périmètre des installations policières, à trente kilomètres heure grand maximum.

Je ne m'attendais pas à un tel civisme, mais je l'ai respecté.

Je lui ai demandé d'allumer la radio. Je voulais savoir s'il y avait du nouveau.

J'ai baissé ma vitre. La nuit était chaude, je me suis souvenu de ce film de Lawrence Kasdan, *La Fièvre au corps*. L'histoire se déroule durant l'été, dans une chaleur asphyxiante. D'après un policier, « il faisait une telle chaleur que les gens avaient l'air de penser que les lois n'existaient plus, qu'elles avaient fondu et qu'on n'avait plus à les respecter ».

Le Péruvien a enlevé les Cranberries et les informations ont tout inondé. J'ai pu constater que le panorama avait changé du tout au tout. Démentis officiels, exagérations, mensonges. Le soufflé était en train de retomber. Le visage du Péruvien était tout un poème. Ils faisaient du bon boulot.

La nouvelle mourait par manque d'oxygène. Il en avait couru, des faux bruits sur ma mère, sur ses soi-disant amants, sur son caractère tyrannique (bon, ça, ce n'était pas vraiment faux) et sur sa mort.

Je crois qu'elle a été mise à mort quatre fois au cours de sa vie. Elle me disait toujours que ça la rajeunissait, qu'elle en profitait pour faire le bilan. Elle trouvait que c'était comme l'autopsie d'un vivant. Ça lui plaisait bien.

J'avais seize ans quand elle m'avait parlé d'autopsies sexuelles. Elle était d'avis qu'il serait bon d'en pratiquer une tous les cinq ans : rester immobile et laisser quelqu'un nous dire combien de baisers nous avions reçus, quelle partie de notre corps avait été caressée, laquelle avait été préférée entre une joue, un sourcil, une oreille ou nos lèvres. Une autopsie sexuelle en bonne et due forme de notre corps encore vivant.

Elle se plaisait à imaginer la scène : il suffisait à la personne d'examiner nos doigts pour savoir s'ils avaient été touchés avec passion ou par simple routine ; cette personne pouvait déterminer si nos yeux avaient été regardés avec désir, si notre langue avait connu de nombreux congénères.

En plus, cela nous permettrait d'identifier nos scènes de sexe les plus grandioses, un peu comme un tronc coupé qui permet de dater les périodes de pluie ou de sécheresse. Peut-être à dix-sept ans, peut-être à trente, peut-être à quarante-sept. Peut-être toujours en été, peut-être plutôt au bord de la mer.

Combien de morsures, combien de murmures, combien de baisers ? Faire un décompte précis de nos pratiques sexuelles, de notre luxure, de nos plaisirs solitaires.

Et, selon elle, une fois l'autopsie terminée, nous aurions la certitude d'être vivants, de pouvoir nous améliorer, de faire en sorte d'être mieux caressés, désirés, aimés et aimants.

On n'a jamais pratiqué sur moi une autopsie de ce genre. Le résultat m'aurait fait trop peur. Il en faut, du courage, pour écouter tout ça de la bouche d'un autre. Encore que j'ignore s'il existe quelqu'un doté de ces facultés.

Mais ma mère était comme ça. J'ai repensé au tableau sur le sexe ; j'avais une dette envers elle et envers ma trilogie incomplète.

Quand je peignais de façon assidue, j'allais toujours dans une petite boutique au croisement de la rue Valverde et de la Gran Vía. Elle était tenue par un vieux Canadien qui devait avoir dans les quatre-vingt-dix ans et qui me faisait des prix.

Deux ans que je n'y étais pas repassé. Ça m'a titillé. J'étais un peu juste, niveau temps, mais peut-être qu'après je n'aurais plus jamais l'occasion d'y retourner. Si mon chef et Dani parvenaient à faire sortir l'étranger, tout deviendrait plus compliqué.

— Tu peux passer par la rue Valverde, au coin de la Gran Vía ? ai-je demandé au Péruvien. Juste un instant.

Il a accepté de bonne grâce. Je n'ai presque pas remarqué le changement de direction.

Et puis j'ai pensé à la fille du Teatro Español. Qu'est-ce que j'allais bien pouvoir lui dire ? Comment lui présenter la chose sans qu'elle me prenne pour un fou ou un pervers sexuel ?

Le téléphone m'a ramené à la réalité. C'était mon chef.

— Qu'est-ce que tu as sur lui ? m'a-t-il demandé sans tourner autour du pot.

J'aurais préféré qu'il n'en ait pas besoin. J'ai demandé au chauffeur de monter la vitre opaque, même si j'étais persuadé qu'il pouvait entendre malgré cela.

— Tu as vraiment besoin de le savoir ?

— Le plan de départ est tombé à l'eau. Ils vont le transférer ailleurs. J'ai besoin de l'aide du chef de la sécurité. Tu as quelque chose ?

J'avais quelque chose, mais je n'aimais pas ça. J'ai hésité quelques secondes avant de répondre.

— Marcos, on va le perdre, a-t-il insisté. Si tu ne me dis pas ce que tu as sur lui, ils vont l'éliminer. La presse ne lâchera pas prise tant qu'elle ne l'aura pas rencontré, et ils préféreront s'en débarrasser avant.

J'étais contre, mais il n'y avait pas d'autre solution.

— Il a des photos de petites filles nues, elles ont entre deux et cinq ans. Il les regarde assez souvent et il les cache dans une chemise sur laquelle il est inscrit « annexes 2 » ; elle est rangée à l'intérieur d'une autre chemise qui se trouve dans son bureau, intitulée « annexes ».

Je n'étais pas bien fier. Mon chef n'a rien dit, il a juste accusé le coup en silence.

Il a raccroché juste au moment où la voiture s'arrêtait au coin de la rue Valverde et de la Gran Vía.

Je suis descendu et j'ai tout de suite remarqué que l'enseigne avait disparu. À la place de cette charmante petite boutique de châssis et de toiles, il y avait maintenant un magasin de rêves. J'avais entendu dire que ces commerces avaient le vent en poupe.

Souvent, les gens qui avaient cessé de dormir regrettaient leurs rêves. Un copain et voisin de la place Santa Ana, avec qui je jouais au poker tous les jeudis, m'avait raconté qu'il avait essayé. On pouvait demander le thème de son choix ; on nous racontait alors un rêve et, grâce à je ne sais quelle technique d'hypnose, on avait l'impression d'avoir rêvé.

Les gens finissaient donc par regretter leurs rêves. On finit toujours par apprécier ce qu'on a perdu.

J'ai poussé la porte du magasin, peut-être avais-je envie de voir les transformations qui avaient eu lieu là-dedans.

Au moment où j'ai franchi le seuil, j'ai entendu le son léger d'une clochette. La même qu'avant ; ça m'a fait plaisir qu'ils l'aient gardée. Le son qui m'accueillait ne m'était pas inconnu.

Quelques secondes plus tard, j'ai vu surgir le vieux Canadien. Il m'a reconnu, ça m'a surpris.

— Ça fait un bail, m'a-t-il lancé. Tu as perdu l'inspiration, ou bien c'est toi qu'on a perdu ?

Puis il m'a donné l'accolade. J'étais content qu'il ne me serre pas la main, qu'il n'agisse pas comme on le fait avec un inconnu. Après tout, en d'autres temps nous avions été assez proches.

— On ne vend plus de toiles. Maintenant…

— Des rêves sans toiles, ai-je répondu du tac au tac.

Il a ri d'un rire tonitruant ; de ce point de vue, il n'avait pas changé. Le temps qui passe n'efface pas tout.

— Tu veux recommencer à peindre ?

— Oui, ai-je répondu en m'étonnant moi-même de ma réponse. Une vieille idée m'est revenue à l'esprit et j'ai besoin de matériel.

— Il faut avoir les bons outils au moment où les bonnes idées arrivent. Tu dors ?

J'ai souri, je lui ai montré les seringues.

— Je suis sur le point d'arrêter.

Il m'a invité à m'asseoir.

Je n'ai pas regardé l'heure, je savais pertinemment que je n'avais pas le temps, mais je n'aurais jamais pu refuser. Il m'a servi un peu de vin dans un verre posé sur la table, comme s'il m'attendait. J'étais assis sur un siège inclinable, j'ai imaginé qu'il était là pour que les clients puissent s'y reposer de temps en temps.

Des tas de gens ont cru un moment que tous ceux qui cesseraient de dormir se débarrasseraient de leur lit. Mais pas du tout ; le lit conservait bien des fonctions dans la vie de ces personnes : aimer, faire l'amour, se reposer les yeux ouverts, s'allonger, vivre… Les lits se sont vendus comme des petits pains.

— N'arrête pas, m'a-t-il lancé. J'ai vu tout le mal que ça fait aux gens. Ils regrettent tellement l'époque où ils rêvaient… Ils regrettent qu'il n'y ait plus rien pour interrompre le cours de leurs journées. Si tu savais comme c'est frustrant, après une journée éprouvante, où il t'est arrivé des choses horribles, de savoir que ce jour ne finira jamais, pas plus que le suivant, et ainsi de suite. Il n'y a plus de différence entre le jour et la nuit. Les gens deviennent aigris, ils changent du tout au tout, ils ont besoin de déconnecter, ne serait-ce que pour quelques heures. Ceux qui viennent ici ne recherchent pas spécialement des rêves, ils ont juste besoin de disparaître un moment, de se soustraire à ces jours et à ces mois éternels. Ne le fais pas…

J'ai entendu le klaxon de la voiture. Le Péruvien connaissait l'heure à laquelle je devais être à Santa Ana. Mais ce que je venais d'entendre me plongeait dans la perplexité.

— Mais le rêve… ai-je bafouillé sans trop savoir comment construire ma question. Tu arrives à les faire rêver ? Tu peux faire en sorte qu'ils se déconnectent ?

Il a pris mes mains dans sa main gauche. J'ai senti la texture de sa paume. Cela faisait des années que je le connaissais mais je ne l'avais jamais touché d'aussi près. De sa main droite, il a fermé mes yeux.

— Aujourd'hui tu as rêvé… de cerfs et d'aigles… Je me trompe ?

Mon cœur a fait un bond et mon œsophage s'est retourné. Je n'en croyais pas mes oreilles.

— Comment ça… ?

Il ne m'a pas répondu. J'en aurais fait de même si quelqu'un m'avait posé une question à propos de mon don. Il s'est levé, est allé farfouiller sur une étagère, en a descendu quelques toiles roulées. Il me les a tendues.

— Je croyais que tu n'en avais plus.

Ma remarque l'a fait sourire.

— Il reste toujours quelque chose, même si l'activité a changé. Surtout que le propriétaire, lui, est toujours le même.

— Et mes tableaux, tu les as encore ?

Il a fait non de la tête. Cela m'a fortement attristé. Il était censé avoir mes deux premiers tableaux de la trilogie : l'enfance et la mort. Quand je les lui avais montrés, il en était tombé amoureux. Du coup, je les lui avais offerts, car j'étais persuadé qu'il ne s'en séparerait jamais, et puis j'aimais sa façon de les regarder. Il faut de parfaits parents adoptifs, aimants, pour pouvoir se séparer de ses tableaux.

— Je les ai donnés à ta mère. Elle en avait tellement envie que je n'ai pas pu le lui refuser.

Je n'arrivais pas à y croire. Elle ne me l'avait jamais dit. Je savais qu'elle aimait ma peinture, mais je ne pensais pas qu'elle avait envie de posséder mes tableaux. Elle me conseillait, m'encourageait quand elle aimait ce que je faisais, témoignait de l'intérêt pour mes œuvres, mais de là à les avoir sous les yeux en permanence… En plus, elle n'avait jamais eu de domicile fixe, un endroit où les accrocher.

J'ai sorti mon portefeuille, mais d'un geste de la main il m'a empêché de l'ouvrir. J'ai une fois de plus senti le contact de sa peau.

— C'est un cadeau, Marcos. En revanche, suis mon conseil : n'arrête pas de dormir.

Cette fois, c'est moi qui lui ai donné l'accolade. Il en a été touché. Puis je suis reparti.

Une fois dans la voiture, je me sentais plus complet. Je savais que j'avais besoin de ces toiles. J'ignorais si j'arriverais à peindre le dernier tableau mais, comme disait le vieux Canadien, les bonnes idées ont besoin des bons outils.

Nous avons mis le cap sur la place Santa Ana. Dans trois minutes, le public allait revenir à la réalité. Le Péruvien a accéléré.

14.

La vie, c'est pousser des portes, encore et encore

Nous sommes arrivés au Teatro Español deux minutes avant l'heure fatidique.

Toutes les portes étaient grand ouvertes, dans l'attente du public. Il me suffirait peut-être de toucher le bois pour sentir son impatience.

Je suis descendu de la voiture et le Péruvien est allé se garer à un coin de la place, le long d'une terrasse. Moi, je suis resté juste à côté de la porte principale.

Non loin de moi se tenait un gars d'une trentaine d'années, avec des lunettes de soleil ; j'avais l'impression qu'il m'observait, allez savoir pourquoi. Le fait d'avoir connu dans une même journée un extraterrestre et un vigile pédophile avait dû me perturber un peu.

Le garçon aux lunettes de soleil avait lui aussi les yeux rivés sur la porte. Il avait l'air encore plus impatient que moi.

On pouvait entendre au loin le léger murmure des mots projetés par les acteurs vers les fauteuils d'orchestre. Ma mère disait que le dernier son d'un spectacle se construit dès la première seconde.

C'est comme la construction d'une pyramide. Tu ne pourras jamais poser la dernière pierre de façon magistrale si la base n'est pas stable.

Elle me parlait toujours des épaisseurs du silence, parfaitement perceptibles au théâtre. Bien des fois, elle me les avait montrées en direct, depuis la dernière rangée de fauteuils.

Il y avait des silences de deux centimètres : de l'attention dénuée de passion.

Et des silences plus épais, d'une quarantaine de centimètres : ceux qui transpercent l'interprète, ceux qui permettent de sentir pleinement la magie du théâtre.

Et, enfin, les silences de quatre-vingt-dix-neuf centimètres. Ceux-là avaient la splendeur d'un triple rire de tous les spectateurs à l'unisson : il vibre, on l'écoute, on le vit et on le ressent. C'est pour le spectateur une perte de conscience totale : il oublie ses problèmes personnels, son cerveau cesse d'émettre le son de ses soucis. Et c'est justement cela qui rend le silence suprême. Cesser de penser réduit tout au silence.

Cette nuit-là, j'ai senti un silence de trente-quatre centimètres. Mesurer le silence était une habitude de ma mère, et moi, j'avais pris le relais.

Je commençais à trouver l'attente un peu longue, alors j'ai décidé d'entrer dans le théâtre, histoire de voir si le silence était plus épais à l'intérieur. Et aussi pour la voir...

Personne ne surveillait l'entrée. Certains lieux sont conçus pour empêcher les gens d'entrer au tout début et quinze minutes avant la fin ; mais dans la pratique, c'est le contraire : tout est fait pour que les spectateurs s'en aillent rapidement, et rien ne les empêche d'entrer.

J'ai passé la porte principale et j'ai avancé dans le hall du théâtre. Il n'y avait pas un chat. Je me suis dirigé vers la porte qui donnait sur la salle.

Chose curieuse, la poignée de cette porte était la même que celle de la porte de la pièce dans laquelle l'étranger était retenu prisonnier. En la poussant, j'allais me retrouver face à un spectacle complètement différent, mais il n'empêche, je me sentais tout aussi nerveux.

On ne sait jamais ce qu'on va trouver derrière une porte. C'est peut-être ça, la vie : pousser des portes.

Je l'ai poussée. Le silence, d'une épaisseur de quarante-deux centimètres, m'a happé sur-le-champ.

Le meilleur ami du commis voyageur récitait son monologue final, pendant l'enterrement :

Il n'y a rien à lui reprocher à cet homme. C'est toi qui ne comprends pas : Willy était un commis voyageur. Un commis voyageur, c'est un type qui ne se fixe pas dans la vie. C'est pas un type qui serre des écrous, ou qui rend la justice, ou qui prépare des cachets d'aspirine… C'est un type tout seul… un type libre… qui fait sa vie avec des sourires et des chaussures bien cirées[1].

C'était aussi bien que dans mon souvenir. Je connaissais cette pièce, ma mère en avait conçu une version pour la danse. Dans la création visuelle de ma mère, Charley récitait son monologue en faisant de petits pas sur le cercueil. De légers mouvements au rythme de sa rage contenue.

Les monologues continuaient et moi, j'ai cherché la fille des yeux.

---

1. Traduction française de Raymond Gérome (Robert Laffont, 1959, rééd. 2009).

J'ai parcouru une à une toutes les nuques du théâtre. Je ne sais pas pourquoi mais j'avais la sensation que je reconnaîtrais la sienne ; c'était juste une sensation.

Je ne l'ai pas trouvée. J'ai pensé qu'elle était peut-être partie avant la fin, peinée qu'on lui ait posé un lapin.

Se laisser porter par son élan pour entrer au théâtre est une chose, décider de rester en est une autre. À moins que le spectacle ne l'ait pas enthousiasmée ; il y a des gens qui ne se sentent pas touchés par *Mort d'un commis voyageur*, ils trouvent que la pièce a vieilli. Je ne les comprends pas, elle parle d'un sujet essentiel : les parents et les enfants.

Mes doutes se sont dissipés dans la seconde qui a suivi. J'étais persuadé qu'elle n'était pas de ces filles qui partent avant la fin.

Ma mère disait que partir d'un théâtre avant la fin est un péché capital, impardonnable, tant la tristesse de l'acteur ou du danseur est grande à ce moment-là. Ils mettent généralement cinq minutes à récupérer leur concentration. Quant au public, il lui faut le double de temps pour y parvenir.

Soudain, la sonnerie de mon portable, qui consistait en de légers aboiements (je n'ai jamais eu de chien mais j'ai toujours eu envie d'en avoir un, du coup mon téléphone aboie les appels entrants, comme un gentil toutou), s'est mêlée au monologue de l'épouse du commis voyageur.

Tout le public s'est retourné vers moi, d'un seul mouvement. Je venais de commettre le deuxième péché capital que ma mère détestait, que seule la maladie d'un parent proche ou la naissance de ton premier enfant pouvait excuser. Si c'est ton deuxième enfant, en revanche, ce n'est plus une circonstance atténuante.

Les nuques du public sont devenues des visages dans la pénombre. On ne voyait presque pas leurs yeux.

C'est alors que je l'ai aperçue, au sixième rang, tout au bout, sur la gauche. Elle ne m'a pas reconnu. Et pour cause, elle ne me connaissait pas. Mais j'aurais tellement aimé qu'elle me reconnaisse.

Quand j'ai enfin pu faire taire l'appel de mon chef, tous les yeux plongés dans l'ombre étaient de nouveau rivés sur la scène. Sauf les siens. Les siens ont tardé deux secondes de plus avant de se retourner vers le monologue de la veuve.

Quand elle m'a regardé, mon don était encore connecté. Je l'ai immédiatement débranché, mais j'ai eu le temps de percevoir une image.

Elle et un chien. Elle et des tas de chiens. Elle les aimait, c'étaient ses animaux préférés. Elle avait plus confiance en eux qu'en n'importe quel être humain. Je l'ai vue à l'âge de six ans en train de caresser son chien, je crois qu'il s'appelait Walter. Elle était heureuse, pleinement heureuse dans ce souvenir. J'ignore quelle place cette émotion occupait sur l'échelle, mais ça m'a plu.

Ce qui ne m'avait pas plu, c'était de lui avoir volé ce sentiment.

J'ai avancé lentement vers sa rangée. J'ai vu que le siège à côté d'elle était vide. Confirmation qu'on lui avait bel et bien posé un lapin.

Je me suis assis près d'elle. Elle était tellement concentrée sur la pièce qu'elle n'a même pas remarqué ma présence.

Je l'observais du coin de l'œil. J'avais été séduit par son visage pendant qu'elle attendait sur la place ; je l'étais à présent par celui qu'elle avait pendant qu'elle écoutait attentivement.

J'étais en train de tomber amoureux de chacun de ses traits, de chacun de ses regards en pause.

Je me suis à mon tour concentré sur la pièce. Je me souvenais parfaitement de ces trois dernières minutes. J'avais vu plus de cinquante fois la version qu'en avait faite ma mère et pourtant mon plaisir restait intact quand je regardais la fin. J'avais l'habitude d'entrer au théâtre au moment où la pièce touchait à sa fin. La phrase de conclusion est géniale : « Nous sommes libres… libres. »

Plus la fin approchait, plus la respiration de cette fille s'accordait au rythme de la mienne. L'émotion de sa respiration, le son de ses inspirations et de ses expirations, l'air qu'elle avalait et recrachait… nous étions à l'unisson. La pièce nous faisait vibrer comme une seule personne, nous respirions ensemble. Nous n'avions même pas besoin de nous regarder, il nous suffisait d'écouter les mots de cette fin épique.

J'ai eu l'impression qu'une relation était en train de naître entre nous, comme si nos deux respirations simultanées équivalaient à un premier baiser, une première caresse, notre premier moment de sensualité, comme si nous étions en train de faire l'amour. Et ce n'est pas une façon de parler : ma respiration montait en puissance et la sienne se superposait à la mienne.

Soudain, les applaudissements ont tout submergé.

Cinq minutes d'applaudissements ininterrompus. Et nous, nous frappions dans nos mains à l'unisson.

Mon cœur et mon œsophage battaient au rythme des siens. Peut-être que tout ça ne se passait que dans ma tête, dans mon imagination.

Le dernier applaudissement a retenti. Le public s'est alors levé. Elle est restée assise. Moi aussi.

Tous ceux qui étaient assis sur la même rangée que nous sont partis par l'autre côté, voyant que nous n'étions pas disposés à faire le moindre mouvement.

Il y avait de moins en moins de monde dans la salle. Elle semblait extasiée par ce qu'elle venait de voir sur scène et moi, je faisais semblant de ressentir la même chose.

Je savais que dans quelques secondes elle allait se lever ou que les ouvreuses viendraient nous déloger. Je voulais dénicher la phrase idéale pour nouer une conversation, mais j'étais à court d'idées.

Je n'avais aucune envie de parler de chiens, ç'aurait été un manque d'éthique.

Soudain, j'ai compris que si elle baissait la tête, c'était à cause du SMS qu'elle était en train de lire, cela n'avait rien à voir avec la pièce. Ce message semblait la paralyser, elle n'arrêtait pas de le relire.

Ma mère disait que les *textos* disent des vérités en peu de mots. Les gens s'appliquent à exprimer leurs sentiments sans dépenser trop d'argent. La concision des sentiments.

Elle en conservait beaucoup. Elle ne les transcrivait pas, ne les copiait pas dans d'autres formats car elle trouvait qu'ils perdraient de leur magie.

Elle conservait des messages d'il y a plus de dix ans. Elle me disait qu'ils renfermaient une douleur extrême, une passion sincère et du sexe à l'état pur.

SMS, disait-elle, était l'acronyme de « Sex Message Service ». D'après elle, tout le monde avait sur son portable au moins un message à caractère sexuel.

Et parfois, seule la personne qui l'avait reçu savait ce dont il s'agissait ; si quelqu'un d'autre le lisait, il ne pouvait pas comprendre. Pour en déceler le sens, il fallait connaître l'heure à laquelle il avait été envoyé, quel événement avait eu lieu juste avant et quelle avait été son intensité.

Rien de tel qu'un fabuleux message, disait-elle, pour conclure un grand rendez-vous. Combien de fois, après un rendez-vous agréable, n'a-t-on pas reçu, quelques minutes après avoir quitté les lieux, un SMS confirmant que notre sentiment était partagé.

Il arrive que le message soit plus important que le rendez-vous lui-même.

Moi, j'avais effectivement conservé un message à caractère sexuel sur mon téléphone portable, un de ces messages dont le sens est indécelable, comme disait ma mère. Il disait juste : « Tu viens ? »

Il m'avait été envoyé par une fille, alors que je sortais de mon côté avec quelqu'un. Quand je l'ai reçu, je l'ai lu et ça m'a excité. Pendant une semaine, je n'ai pas arrêté de le relire, et il a continué à m'exciter.

Je n'y suis jamais allé, c'est peut-être pour ça que j'ai gardé le message et qu'il continuait à me mettre dans tous mes états.

J'en conservais aussi un de ma mère. Elle me l'avait envoyé la première fois où j'avais voyagé seul, sans elle. Elle m'avait écrit : « Ne va pas te perdre, Marcos, les limites du monde sont là où tu le décides. »

À vrai dire, mes limites étaient de plus en plus proches : le Teatro Español, la place Santa Ana et quelques rues adjacentes.

Soudain, la fille du Teatro Español m'a regardé et m'a dit :

— Tu peux me rendre un service ?

Incroyable. Parfois, la vie trouve la solution à nos problèmes sans rien nous demander en échange.

— Oui, oui.

Toute ma nervosité était contenue dans ces deux « oui ».

— Mon copain m'attend dehors, j'avais rendez-vous avec lui pour aller au théâtre mais il n'est pas venu, et je n'ai pas envie qu'il pense que je suis entrée toute seule. Tu ne pourrais pas faire semblant de… m'a-t-elle demandé un peu honteuse et sans même achever sa question.

— Je suis ravi de t'avoir accompagnée.

Je me suis levé et nous sommes sortis du théâtre ensemble. Je sais bien que notre relation n'était qu'une fiction destinée à un inconnu, mais j'ai vécu chacune des secondes qu'a duré notre sortie comme si c'était vrai.

15.

Trois gorgées de café et une valise pleine de souvenirs

Nous sommes sortis sur la place. Et figurez-vous que son copain n'était autre que le gars qui me surveillait, celui qui portait des lunettes de soleil. L'imagination au pouvoir. Elle se tenait tout près de moi, il n'y avait même pas assez d'espace pour laisser passer la transpiration entre nos deux corps. Elle ne me tenait pas la main, non, mais je la sentais très proche. Je sentais sa présence et son odeur.

Le gars aux lunettes noires ne s'est pas approché, il est reparti, en colère, offusqué. Elle faisait semblant de ne pas le regarder, mais je crois bien qu'elle ne le quittait pas des yeux.

J'ai compris qu'il avait cessé de nous observer, qu'il avait disparu de la place, parce qu'elle s'est écartée un peu de moi. Juste un peu, un tout petit peu.

Puis elle s'est arrêtée, pile au milieu de la place, là où je l'avais vue pour la première fois. Je me suis arrêté moi aussi.

— Merci.

— De rien.

Je n'ai pas su quoi répondre d'autre. Pourtant, je savais que, s'il ne me venait pas une autre idée à l'esprit, elle allait s'en aller. C'était d'ailleurs ce qu'elle était sur le point de faire.

— Je peux t'inviter à boire un verre ?

Elle m'a regardé d'un air surpris.

— Je dis ça au cas où il reviendrait. Moi, je ne m'éloignerais pas trop si ma copine était avec quelqu'un d'autre. Je reviendrais vérifier si elle l'a rencontré par hasard au théâtre ou s'il compte vraiment pour elle, ai-je ajouté.

Elle a hésité puis m'a dit :

— D'accord.

Je suis allé vers la terrasse où j'avais mes habitudes. Je ne sais pas très bien pourquoi, mais je la trouvais moins touristique que les autres. Le serveur me connaissait depuis dix ans, et pourtant j'ignorais son prénom et lui le mien. Je l'aimais bien parce qu'il se souvenait toujours de ce que je prenais. Et quand pour une fois j'avais envie de changer, il arrivait même à le deviner.

Un jour, il m'a confié qu'il était né, qu'il avait vécu et qu'il était tombé amoureux sur la place Santa Ana. Tout ce qui lui était arrivé d'important dans la vie avait eu lieu ici. Cette place était toute sa vie et il ne l'aurait échangée pour rien au monde. Bizarrement, moi qui avais grandi dans des tas d'endroits différents, je ressentais la même chose que lui.

Nous nous sommes assis. Le serveur s'est approché.

— Enfin des clients. Avec cette histoire d'E.T., personne ne vient. Qu'est-ce que je te sers ?

Il a su qu'en ce jour spécial je n'aurais pas envie de boire la même chose que d'habitude. Ça m'a plu.

— E.T. ? a-t-elle demandé.

Le serveur a éclaté de rire, puis lui a demandé :

— Vous n'êtes pas au courant, pour l'extra-terrestre ?

— Nous étions au théâtre.

Le serveur a eu l'air étonné. Je crois bien qu'il m'avait vu entrer dans le théâtre au dernier moment. Mais il n'a fait aucun commentaire.

— Il paraît qu'ils ont attrapé un extraterrestre. Sauf qu'ils viennent de le démentir. Quoi qu'il en soit, les gens ont déserté les terrasses. Qu'est-ce que je vous sers ?

La nouvelle n'avait pas l'air de l'émouvoir plus que ça. J'ai fait semblant de m'y intéresser. Nous avons commandé la même chose : un café noisette. Ça m'amuse toujours : on invite quelqu'un à boire un verre et on finit attablés devant un café. Ou bien le contraire.

Le serveur s'est éloigné.

— Tu crois que c'est vrai ?

Sa question m'a amusé. Si elle savait… Soudain, une femme s'est approchée avec un berger allemand et elle a eu un mouvement de recul. On aurait dit qu'elle avait peur du chien.

Pourtant, ça n'avait pas de sens. D'après mon don, elle adorait les chiens.

Le chien l'a reniflée puis il s'est mis à aboyer. Elle pâlissait à vue d'œil.

— Tu as peur des chiens ?

— Oui, depuis toujours.

Impossible. Mon don ne s'était jamais trompé. Ça n'avait pas de sens. Il y avait peut-être des ondes magnétiques dans le théâtre et ça avait causé une interférence. Mais c'était tout de même bizarre. Je l'avais bien vue, toute petite, c'était bien son visage et elle serrait un chien contre elle, j'avais senti son amour à l'égard de ces bêtes.

Le serveur nous a apporté les cafés. Mais pas l'addition : une marque de reconnaissance aux clients fidèles. Il est reparti illico, il avait senti que j'avais besoin d'intimité.

— Tu n'as jamais eu de chien ? ai-je insisté.

— Jamais.

Elle a bu une gorgée de café, puis une autre. J'ai fait de même. J'ai réalisé qu'elle était la première personne avec qui je prenais un café depuis la mort de ma mère.

Ce sont des détails qui peuvent passer inaperçus, mais pour moi, quoi qu'il arrive, elle sera toujours la fille avec qui j'ai bu un café à cinq heures du matin après la mort de ma mère.

Il faisait encore nuit. J'ai senti la fatigue. Je n'avais dormi que quatre heures, ce n'était pas assez. J'ai bâillé.

— Tu dors ? m'a-t-elle demandé.

— Oui.

Je n'ai pas ajouté « pour le moment ». J'ai simplement demandé à mon tour :

— Et toi ?

— Moi aussi je dors.

Nous avons encore bu deux gorgées de café.

Une gorgée de plus et elle s'en irait. Elle l'a bue et je me suis tu. Elle non plus n'a rien dit. Je savais qu'elle allait se lever. Elle s'est raclé la gorge. Elle était sur le point de se lever.

Mais, juste à cet instant, mon prénom a retenti sur la place. C'était la gardienne de mon immeuble, qui avançait vers moi en traînant une valise.

Le bruit des roues de cette valise m'a rappelé des tas d'aéroports, de gares et de couloirs d'hôtels.

Je connaissais bien le bruit de ces roulettes, j'avais passé des centaines d'heures à côté de cette valise, je l'avais rangée dans des centaines d'endroits inaccessibles, bien en hauteur, pour qu'elle puisse se reposer entre deux voyages.

— On vous a ramené cette valise de l'aéroport, m'a-t-elle lancé sans cesser de regarder la fille qui m'accompagnait.

Elle a posé la valise à côté de moi et j'ai eu la sensation qu'elle dégageait du froid. C'était la valise de ma mère. Les autorités de Boston m'avaient annoncé qu'ils rapatrieraient son corps et ses affaires, mais je n'avais jamais pensé que ses bagages arriveraient avant elle.

Je n'osais pas regarder cette valise marron à trois roues. Ma mère avait fait ajouter cette troisième roue, elle trouvait que c'était plus facile pour la transporter. Je n'ai pas touché la poignée, j'avais peur d'entrer en contact avec son parfum, son essence, avec les derniers instants de ma mère.

— Elle est à vous, pas vrai, Marcos ? m'a demandé la gardienne en constatant le peu d'intérêt que je lui témoignais.

— Oui, elle est à moi.

Je n'avais pas envie d'entrer dans les détails.

Elle a souri, je l'ai remerciée. Elle est repartie, l'air un peu désolé car elle espérait que je lui présenterais mon accompagnatrice.

— Ta valise avait été perdue dans un aéroport ? m'a demandé la fille du Teatro Español.

C'était peut-être la conversation dont j'avais besoin : lui parler de ce que cette valise signifiait dans ma vie. Ce que signifierait le fait de l'ouvrir, de tomber nez à nez sur une partie de son univers et, surtout, le fait de partager ce moment avec quelqu'un, maintenant qu'elle s'en était allée. Mais je n'avais pas non plus envie qu'elle ait de la peine pour moi, qu'elle découvre que c'était un jour tragique dans ma vie, qu'elle m'avait connu à un moment où je n'étais pas vraiment moi-même.

— Pas exactement. En fait, elle était à ma mère. Elle ne se levait pas.

— Ta mère vit avec toi ?

Je ne voulais pas lui mentir, mais je n'avais pas non plus envie de lui dire la vérité. Ce n'était pas la première fois que je me trouvais face à une telle alternative. Il devait bien y avoir un moyen terme.

Avant que j'aie eu le temps de lui répondre, mon téléphone s'est remis à aboyer. J'ai perçu de la peur sur son visage. Pourtant, ce n'était même pas un vrai aboiement. C'était mon chef. J'avais oublié qu'il avait déjà appelé quand j'étais à l'intérieur du Teatro Español. J'ai décroché.

J'ai remarqué qu'elle se préparait à partir ; cet appel était l'occasion de le faire. Mais elle a attendu que j'aie fini, pour ne pas me dire au revoir par gestes.

J'ai alors décidé de profiter de ce coup de fil, de le prolonger autant que possible.

— Nous avons réussi à le faire échapper sans qu'on sache que c'est nous, m'a-t-il succinctement annoncé.

— C'est vrai ?

— Oui. Il a dit qu'il allait à Salamanque. Il a quelque chose à faire là-bas. Il veut que tu l'y rejoignes, il sera sur la Plaza Mayor. L'étranger veut te voir.

Je t'appellerai plus tard, tu me raconteras. Nous, pour l'instant, on est coincés ici. Je te raconte pas l'ambiance.

Je n'ai pas su quoi répondre. L'étranger avait été libéré et il voulait me voir. J'aurais dû poser des tas de questions à mon chef : comment l'évasion s'était-elle déroulée, pourquoi l'étranger avait-il besoin de se rendre dans cette ville d'Espagne, et pourquoi voulait-il me parler ? Mais je n'ai réussi à en poser aucune car mon chef a raccroché sans me laisser le temps de rien.

J'ai fait croire que le coup de fil n'était pas terminé, je ne voulais pas qu'elle s'en aille. J'ai prononcé des « oui » et des « non » qui n'avaient pas le moindre sens. Et puis, quand j'ai vu qu'elle allait se lever malgré tout, j'ai lâché un « parfait, j'y serai ».

J'ai raccroché. Elle se levait. J'ai senti que j'allais la perdre, alors j'ai joué le tout pour le tout.

— Tu veux aller avec moi quelque part ?

Elle n'a pas répondu. Elle attendait que j'en dise plus.

— Quand tu m'as dit que tu ne voulais pas sortir toute seule du théâtre parce qu'il y avait quelqu'un dehors que tu n'avais pas envie de voir, je t'ai crue. Maintenant, c'est mon tour de te demander quelque chose d'étrange : accompagne-moi à Salamanque voir quelqu'un que je n'ai pas envie de voir seul.

Elle continuait à garder le silence. Je ne savais plus quoi dire pour la convaincre.

— Je te promets que ça n'est pas un piège, il n'y a rien de louche. Fais-moi confiance.

Elle a souri.

— On se connaît ? a-t-elle demandé si doucement que c'était presque imperceptible.

Sa question m'a étonné.

— Non. Je ne crois pas.

— J'ai l'impression de t'avoir déjà vu. Tu m'as l'air…

Elle a mis quelques secondes à trouver le mot. Je n'ai pas essayé de l'aider…

— … fiable. J'ai confiance en toi.

C'était à mon tour de sourire. Je me suis levé, elle aussi. J'ai fait signe au serveur, qui n'avait cessé de nous observer de loin, d'inscrire nos consommations sur mon ardoise.

Nous avons rejoint le Péruvien, garé non loin de là. Je me laissais guider par ses dents dorées.

J'ai dû empoigner la valise ; j'ai remarqué quelque chose d'étrange au moment où mes doigts ont touché l'anse.

Ma mère ne me laissait jamais la porter. Elle disait que le jour où elle ne serait plus capable de porter sa valise, elle cesserait de voyager.

À présent, sa valise était la mienne. Le destin s'était montré injuste en me permettant de la porter. J'ai ressenti une douleur terrible, inimaginable, mais je n'en ai rien dit à la fille du Teatro Español.

Tandis que nous marchions en direction de la voiture, j'ai remarqué que les télévisions montraient la photo de l'étranger, mais comme si elle n'avait aucun lien avec l'extraterrestre. Sous sa photo, on pouvait lire : « Avis de recherche. Pédophile ». Tout de suite après, j'ai aperçu les photos que j'avais visualisées dans la chemise « annexes » du chef de la sécurité, mais son visage avait été remplacé par celui de l'étranger.

Ça me dégoûtait. Ils voulaient absolument lui mettre la main dessus et ils essayaient de faire en sorte que les gens éprouvent de la répulsion à l'égard de quelqu'un qui n'avait jamais commis les monstruosités dont on l'accusait. Par contre, on ne pouvait pas en dire autant de l'homme qui le traquait.

Pauvre étranger, il venait de passer ses premiers moments sur Terre et on l'accusait de quelque chose dont il était totalement innocent.

Une fois de plus, je n'ai rien dit. Nous sommes montés en voiture ; le Péruvien a fait comme s'il connaissait parfaitement la fille.

— On va à Salamanque.

— Je sais, m'a-t-il répondu en mettant ma musique.

La voiture a démarré. Entre elle et moi, il y avait la valise.

La présence de ma mère était évidente.

16.

L'art de préparer un bon bain
et le courage d'y prendre du plaisir

Cela faisait des années que je n'étais pas allé à Salamanque. La dernière fois, j'avais douze ans. Ma mère avait décroché un contrat pour un spectacle à l'air libre, en plein été.

Elle aimait ce genre d'occasions ; elle trouvait que le public était plus détendu, les danseurs se sentaient bien et sous l'influence des étoiles, de la lune et de l'air frais, ils faisaient le plein d'énergie vitale.

Elle m'expliquait qu'un spectacle est un tout, qu'elle adorait se mêler au public et voir son voisin de gauche écouter la musique en regardant le ciel étoilé tandis que son voisin de droite suivait les mouvements des danseurs, tout en laissant les odeurs de la nuit mêlées à celles des crèmes de bronzage emplir ses narines.

Sa compagnie avait joué sur la Plaza Mayor de Salamanque. Il faisait chaud, cet été-là. L'endroit, le public et le climat étaient tellement merveilleux que ma mère, je m'en souviens encore, avait dit qu'il s'agissait d'une concurrence presque déloyale.

— Raconte-moi, m'a demandé la fille au moment où nous nous engagions sur une des plus grosses artères de Madrid.

J'ai su que ce « raconte-moi » voulait dire : tout. Raconte-moi tout, voilà ce qu'elle voulait dire. Le

Péruvien a relevé la vitre de séparation et je lui ai adressé un regard de gratitude.

Moi aussi je ressentais quelque chose d'étrange à son égard. Cette confiance qui n'a pas lieu d'être entre deux inconnus mais qui existe pourtant parfois est plus intense que celle qu'on peut ressentir pour quelqu'un qu'on connaît depuis plus de vingt ans.

— La confiance n'est pas en soi dégoûtante... disait ma mère chaque fois que quelqu'un la décevait. La confiance ne doit pas exister. Le relâchement, voilà ce qui dégrade toutes les relations.

Elle pensait qu'il fallait chaque jour gagner la confiance de l'autre. Exiger de l'autre qu'il fasse notre conquête, qu'il nous surprenne, et en faire de même en retour.

Je ne lui ai jamais connu de relation quotidienne. Elle n'a jamais vécu avec un homme de façon traditionnelle. Je crois que la confiance avait quelque chose à voir là-dedans.

Il me semble bien que la personne avec laquelle elle a passé le plus de temps, partagé le plus grand nombre de chambres et eu le plus de conversations... c'est moi. Et je peux vous assurer qu'elle a toujours été exigeante avec moi et qu'elle m'enseignait à l'être avec elle.

Nous avons passé à Boston les moments les plus importants de notre vie commune. Et c'était justement là qu'elle était morte. Cette ville a un esprit bien à elle, un caractère indomptable, on dirait une ville européenne greffée sur le continent américain.

J'avais quinze ans. J'adorais m'asseoir, en été, sur un banc, dans un de ces parcs immenses, avec des lacs, et me sentir comme Will Hunting : un observateur de la tranquillité d'une ville qui n'exige rien de nous, qui n'attend pas qu'on aspire à quelque chose. C'est dans cette ville que j'ai senti qui j'étais, que j'ai identifié mon moi le plus intense.

Et c'est dans cette ville que je me suis senti le plus proche de ma mère.

Elle prenait toujours un bain post-première, je crois que je vous en ai déjà parlé. Elle disait que c'était sa façon à elle de se débarrasser de l'odeur de la première, du stress et de la passion accumulés.

Dès l'âge de dix ans, j'ai été chargé de préparer son bain.

Elle m'avait appris que remplir une baignoire, c'est un peu comme préparer un bon repas. Il faut être bien attentif pour essayer d'atteindre la perfection.

Elle disait que certaines personnes se mettaient à cuisiner, puis elles allaient faire autre chose ailleurs. Leurs plats s'en ressentaient.

Elle me racontait que les cuisines, comme les salles de bain, requièrent toute notre attention. C'est de la bonne température de l'eau que dépendra le goût des pâtes. C'est des 36,5 °C de l'eau du bain que dépendra le plaisir que nous ressentirons en nous y introduisant.

Ainsi, depuis l'âge de dix ans, je suis resté assis, en silence, à regarder la baignoire se remplir.

D'abord, toujours six minutes d'eau très froide ; puis trois minutes d'eau très chaude. Je versais toujours le bain moussant au dernier moment, et c'était le moment le plus agréable, car si je m'y prenais bien, je pouvais voir la mousse atteindre la texture idéale. Ce n'est pas si éloigné de l'art de peindre.

J'aimais être le responsable de ses bains. Elle passait ensuite exactement soixante minutes à l'intérieur. Toujours seule. Elle en ressortait comme neuve.

À Boston, je l'avais pas mal aidée pour la mise en scène du spectacle. C'était la première fois. Du coup, quand le bain fut prêt, elle m'avait proposé d'y entrer avec elle. Un de chaque côté, face à face.

J'avais hésité. J'avais ressenti la même chose que quelques années auparavant, dans ce gratte-ciel, quand elle avait voulu que nous partagions le même lit. Je sais que c'était sa façon de me remercier pour le bon travail que, d'après elle, j'avais fait.

Mais pour moi, cela signifiait prendre un bain avec ma mère et il me semblait qu'un adolescent n'avait pas à se retrouver dans cette situation.

Comme à son habitude, elle n'avait pas insisté. Elle était entrée dans le bain.

J'avais hésité, mais il devait y avoir quelque chose dans l'air de Boston qui aidait à oublier préjugés et soucis. J'avais ôté mes vêtements et j'étais à mon tour entré dans le bain, juste en face d'elle.

Au début, j'étais plutôt tendu, mais peu à peu j'avais pris goût à l'expérience.

J'avais senti le stress des dernières répétitions et de la première se diluer dans cette eau concoctée avec amour.

Peu à peu, le corps de ma mère, qu'au début je ne voulais même pas frôler, s'était mis à toucher le mien, involontairement.

C'était une expérience agréable. Je rectifie : la plus agréable de toutes mes expériences.

Des années plus tard, j'ai décidé que chaque fois que je mettrais la touche finale à un tableau, je prendrais un bain post-touche finale, pour me débarrasser des couleurs qui s'étaient logées dans mon corps. Et je vous jure qu'il me suffisait d'écouter le bruit de l'eau pour que mon œsophage se mette à vibrer.

Ça a toujours été et ce sera toujours le bruit de mon bonheur.

Je n'ai plus jamais partagé de baignoire avec personne. J'avais failli le proposer à la fille de Capri, celle qui m'avait enlacé après la mort de ma grand-mère, mais finalement je n'avais pas osé.

Partager une baignoire avec quelqu'un durant soixante minutes a ce je ne sais quoi qui donne l'impression de mieux connaître l'autre.

Comme si l'eau nous mettait au contact de ses secrets, de ses peurs. Comme si le fait de frôler involontairement sa peau nous permettait d'accéder à l'essence de cette personne.

— Raconte-moi tout, vraiment. N'aie pas peur de ce que je vais en penser, a insisté la fille du Teatro Español.

Je savais qu'elle me croirait. Depuis que nous avions assisté ensemble à la fin de la pièce, il existait entre nous deux une intense confiance.

Alors je l'ai fait.

Pendant une heure et demie, je lui ai tout raconté. La vitesse de mes mots me rappelait David Bowie quand il chante « Modern Love ».

J'avalais des mots, j'omettais un certain nombre de détails, mais l'essentiel y était.

Sur la route entre Madrid et Ávila, je lui ai parlé de l'extraterrestre, de mon don, de l'évasion, de la pluie rouge, de la planète pentagonale et de la façon dont je l'avais remarquée sur la place Santa Ana.

Entre Ávila et Salamanque, je me suis concentré sur ma mère, sur sa perte, sur ma décision de cesser de dormir, sur mes peurs, ma solitude, la peinture, le tableau inachevé sur le sexe, et la valise.

Ce fut un intense monologue de quatre-vingt-dix minutes, durant lesquelles elle n'a rien dit, absolument rien.

Quel plaisir de tout lui raconter. Enfin, presque tout : je n'ai peut-être pas vraiment insisté sur la fascination qu'elle exerçait sur moi. En amour, je prenais mes précautions : jusque-là, je n'avais jamais rien eu à raconter, alors je ne savais pas trop comment m'y prendre. C'était un peu comme manipuler un explosif.

Pour ce qui est du reste, je n'ai omis aucun détail.

C'était la sixième personne à qui je parlais de mon don. Auparavant, j'avais mis au courant ma mère, Dani, mon chef, la fille de Capri et celui dont je pensais qu'il était mon père. Je vous parlerai peut-être de lui plus tard.

Elle n'a rien dit non plus quand je lui ai parlé de mon don. Ni quand je lui ai parlé de l'étranger.

Je ne m'étais jamais justifié à ce point. J'avais peur de sa réaction.

La voiture s'est engouffrée dans une des rues donnant sur la Plaza Mayor de Salamanque juste au moment où je lui parlais de l'évasion.

J'ai aperçu l'étranger au beau milieu de la place. Il portait une capuche. Il ne voulait probablement pas être reconnu, puisque son image avait été associée à celle d'un pédophile.

Nous sommes descendus et avons avancé vers lui.

— Tu me crois ?

— Oui, je te crois, m'a-t-elle répondu.

Je sais qu'elle me croyait. Je me suis senti bien.

La sincérité récompensée est l'un des plaisirs les plus gratifiants qui existent dans cette vie.

J'étais content qu'il n'y ait pas de mais : « je te crois, mais… », « je suis désolée, mais… » Une conjonction terrible, qui finit par anéantir ce qui vient d'être dit.

Il me manquait une cinquantaine de pas pour arriver à hauteur de l'étranger quand ce dernier a relevé la tête et a souri.

J'ai aimé qu'il anticipe notre arrivée. Et puis j'ai remarqué qu'il se tenait juste au centre de la place, pour nous attendre. Encore une place, et quelqu'un de fascinant au milieu, en train d'attendre.

17.

Sois courageux.
Dans la vie, en amour
et dans le sexe

Dès que je suis arrivé à sa hauteur, l'étranger m'a pris dans ses bras. Il avait l'odeur d'un bébé, un effluve très léger. Je me suis demandé si c'était de l'eau de Cologne ou sa peau, tout simplement.

Tant de corps sécrètent des parfums naturels...

La première fille avec qui j'ai été, une secouriste d'une piscine de Montréal, sentait toujours le chlore. Nous passions l'après-midi à discuter quand je passais par la piscine de l'hôtel qu'elle surveillait.

Pour moi, cette piscine était un petit Eden éloigné du froid, du métro qui traversait la ville de part en part, reliait souterrainement ses différents quartiers et empêchait de sentir les vingt-quatre degrés en dessous de zéro.

J'étais rarement sorti dans la rue mais chaque fois, si je fermais les yeux plus de dix secondes, le froid me collait les paupières.

Du coup, pendant que ma mère préparait sa création dans un théâtre souterrain tout proche, moi, je vivais dans la piscine.

La secouriste n'arrêtait pas de parler et moi, je l'écoutais, fasciné.

Le jour où nous nous sommes donné rendez-vous pour la première fois hors de son domaine, elle ne sentait pas la piscine, elle avait une odeur de pamplemousse et de safran.

Nous avons fait l'amour. C'était ma première fois et cette odeur m'a toujours accompagné.

Moi, en revanche, je n'ai pas d'odeur.

Voilà d'après moi pourquoi chaque fois que je croise une personne qui a un talent que je n'ai pas, j'ai l'impression qu'elle sent bon. Je me renseigne pour savoir quel parfum elle met, et je le porte pendant des mois.

J'en ai porté des tas. Tous les six mois, je changeais d'odeur. Comme si mes carences se résorbaient quand je portais le parfum d'un autre.

J'aurais aimé demander à l'étranger quel était son parfum, pour porter un temps son odeur, mais ce n'était ni l'endroit ni le moment.

— Tu lui as raconté ? m'a-t-il demandé en tendant sa main à la fille du Teatro Español.

J'ai fait oui de la tête.

— Tu as aimé la pièce ?

Elle a souri et fait oui de la tête.

Les cloches ont sonné sept heures du matin sur la Plaza Mayor. Il a fait un tour complet sur lui-même, comme s'il cherchait quelqu'un. Il semblait attendre quelqu'un.

J'en ai profité pour regarder cette place que je n'avais pas revue depuis des années. Elle était belle. Sûrement la plus belle au monde, à mon avis. Ma mère l'adorait.

— C'est une place courageuse, m'avait-elle dit quelques heures après la première d'un spectacle avec lequel elle avait remporté un nouveau succès.

— Courageuse ? Il y a des places courageuses ?

— Il y en a. Celle-ci, par exemple, parce qu'elle invite au courage.

À cet instant, elle avait pris ma main, l'avait posée sur son nombril et m'avait embrassé la nuque. Ça m'avait surpris.

— Sois courageux, m'avait-elle lancé. Dans la vie, en amour, et dans le sexe.

» Les gens oublient qu'il faut demander des caresses et des baisers. Ne crois jamais que c'est le domaine réservé de la personne avec qui tu sors. Comprends-moi bien : il faut dépénaliser tout ce qui a rapport au sexe.

» Une caresse, un baiser, la chaleur d'une main sur ton nombril… tout ça ne se prolonge pas forcément par du sexe.

» Une étreinte n'a pas à durer dix secondes, ou trente, elle peut durer huit minutes s'il le faut. Caresser un corps, ce n'est pas forcément du sexe. Tu dois apprécier les caresses, car elles font partie de ta vie. Tu n'as pas à les considérer comme un délit.

» De même que tu ris d'une bonne blague, que tu acceptes que les mots d'un autre te rendent joyeux, tu ne dois pas avoir peur de dire à quelqu'un que sa peau, ses yeux, sa bouche te font de l'effet. Ces actes qu'on associe au sexe doivent faire partie de la vie quotidienne, de la vie réelle. Il ne faut pas les considérer comme du sexe mais tout simplement comme de la vie. Tu comprends, Marcos ?

Après ce long monologue, elle a gardé un bon bout de temps ma main sur son nombril. J'ai ressenti le courage de la place et j'ai embrassé son cou avec mes lèvres.

Ce n'était pas sexuel, c'était la vie.

Un peu plus tard, je lui avais demandé :

— Qui est mon père ?

Elle ne m'avait jamais parlé de lui, c'était son talon d'Achille. Je crois bien que ma question l'avait attristée.

L'étranger s'est tourné vers le banc situé au centre de la place. Il n'y en avait pas d'autre. Il s'y est assis et nous a invités à en faire de même.

— Vous voulez savoir qui je suis ?

Nous avons tous deux acquiescé. Le jour allait bientôt se lever. Bientôt, très bientôt. La place se vidait : pour les travailleurs, c'était l'heure de la relève.

Je me sentais nerveux. Sur cette même place, ma mère m'avait fait sentir à quel point j'étais quelqu'un de spécial, et je savais qu'après cette conversation avec l'étranger quelque chose allait changer dans ma vie.

En plus, la fille du Teatro Español était là, et elle connaissait tous mes secrets. Je ne sais pas trop ce qu'elle ressentait envers moi, ni moi envers elle, mais le fait qu'elle soit là me rendait heureux.

Et puis il y avait aussi la valise de ma mère et la toile blanche. Je sentais ma vie devenir, lentement, de plus en plus complète. Des morceaux de ma vie étaient en train de s'assembler.

L'étranger s'est mis à parler. J'ai su qu'il s'agissait du moment que j'avais tant attendu.

— Ce que je vais vous raconter pourra vous sembler étrange et je ne pourrai vous donner aucune véritable preuve de ma bonne foi, mais ce que je vais vous dire n'en est pas moins vrai. Je suis un étranger, va pour ce nom, je l'aime bien. Mais je ne serai pas plus étranger que vous dans quelque temps.

Il s'est tu un moment.

186

— La vie… Là d'où je viens, le concept de temps, notre temps, notre vie, n'ont rien à voir avec les vôtres. Mais la vie d'ici ne me semble pas étrange, parce que je l'ai déjà vécue.

Nous buvions ses paroles. La fille du Teatro Español a soudain approché sa main de la mienne, je la lui ai prise et, instinctivement, je l'ai portée à mon nombril, comme ma mère l'avait fait avec la mienne des années auparavant.

Je crois bien que la fille avait peur. Moi non, car je sentais le courage de la place couler dans mes veines.

— Je suis né ici, à Salamanque, il y a des années. J'ai parcouru cette place quand j'étais petit, je venais y jouer avec mes frères. J'étais un enfant heureux, très heureux, je m'en souviens, et pourtant bien des années ont passé. Une fois adulte, je suis parti travailler dans un village non loin d'ici, Peñaranda de Bracamonte, et je m'y suis installé. Un jour, juste après la fin de la Guerre Civile, un train chargé de poudre est entré dans la gare et, à cause d'une roue chauffée à blanc, quasiment tout le village a explosé. C'était un 9 juillet. L'épisode est resté gravé dans les mémoires. À cette occasion, j'ai perdu un bras et une jambe.

Il a marqué une pause. Nous en avions tous besoin. Mais quelque chose ne collait pas : cet homme avait ses deux bras et ses deux jambes.

Soudain, il a envoyé une image à mon don. Je l'ai vue arriver. Je ne savais pas si je devais l'accepter, car mon don n'était pas connecté, il l'avait forcé à se mettre en marche.

C'était comme voir en images tout ce qu'il venait de nous raconter. J'ai vu l'explosion, la Poudrière comme les gens l'appellent, et je l'ai vu, lui, par ce chaud dimanche de juillet, qui allait à la messe. Et j'ai vu le train arriver dans la gare et puis la grande explosion, qui a fauché tant de vies. J'ai serré la main de la fille contre ma poitrine. Les images que je visionnais étaient douloureuses : des milliers de jambes pendaient aux arbres, il y avait des bras éparpillés sur des kilomètres. Beaucoup de douleur… Et je l'ai vu, lui, sans sa jambe et sans son bras, comme il nous l'avait raconté…

Sauf que celui qui était en train de nous parler, ce jour-là, sur cette place, avait deux bras et deux jambes. Je n'y comprenais rien. Est-ce qu'il manipulait mes images ?

— Tu l'as vu, pas vrai ? m'a-t-il demandé. Je peux te dire que le fait de l'avoir vécu est plus horrible que de s'en souvenir. Ma vie a changé. J'ai cru que c'en était fini de ma vie, du moins telle que je l'avais imaginée. Jusqu'au jour où l'armée a envoyé des prisonniers et des prisonnières de guerre pour reconstruire le village. Et c'est alors que je l'ai connue. Regarde-la, observe-la bien.

J'ai alors visionné sa première rencontre avec une belle fille aux cheveux châtains. Elle était beaucoup plus jeune que lui, dix ou quinze ans de moins. La façon dont elle le regardait était incroyable : elle observait ses moignons sans ressentir la moindre peine. Il était en train de se passer entre eux quelque chose d'extrêmement intense. Ce souvenir était d'une telle beauté que je n'ai pas eu le moindre doute :

188

c'était l'instant le plus émouvant de la vie de l'étranger.

— Nous avons été mariés pendant cinquante ans. Ma mort… – Il a marqué une pause. – Ma mort fut paisible, je ne m'en souviens presque pas, je ne peux pas te l'envoyer.

Sa mort. Voilà qu'il parlait de sa mort comme si c'était vrai. Mais il n'était pas mort, non ? Je crois que la fille du Teatro Español avait comme moi envie de poser la question, mais nous n'osions pas. Nous savions pertinemment que tout cela nous échappait et que nos questions n'auraient fait que refléter notre ignorance.

— J'imagine que vous vous êtes déjà demandé ce qu'il y a après la mort, pas vrai ? nous a-t-il demandé sur le ton qui avait été le sien pendant toute la durée de son récit.

Nous avons acquiescé d'un hochement de tête, bien que la question ait été purement rhétorique.

— Eh bien il y a… encore de la vie.

Mon cœur, mes poumons et mon œsophage se sont mis à palpiter. Cet étranger était en train de nous raconter le secret que tout le monde désire connaître. Savoir ce qu'il y a après la vie, savoir ce que la mort nous prépare.

— Quand tu meurs sur cette planète, tu vas sur une autre… Là où j'habite, la Terre est connue comme la planète 2.

Il a souri en voyant notre mine fascinée.

— Eh oui, vous l'avez bien compris, il y a une planète 1, donc vous êtes en train de vivre votre seconde vie.

J'ai respiré profondément, elle en a fait de même. Mais il ne nous a pas laissé le temps de reprendre nos esprits.

— Sur la planète 3, la vie est plus plaisante que sur la 2, et sur la 2 plus que sur la 1. Chaque mort nous envoie sur une planète où tout est plus agréable, peu importe la vie que nous avons menée ici, ça n'a rien à voir avec notre vie d'avant ; c'est un cercle et on doit le boucler. On peut parfaitement être un voleur sur la 2 et un prince sur la 3. La seule chose, c'est que la vie sur la planète d'après surpasse la précédente en termes de bonheur, d'amour et de plénitude.

À cet instant, je me suis dit qu'il mentait. Forcément, il mentait. Des planètes où on se retrouve quand on meurt, ça n'a pas de sens, c'est de la folie.

— Il y a six planètes. Six vies. À partir de la quatrième planète, on a des « dons ». Sur la quatrième planète, on a le don de connaître les émotions de la personne qui est en face de soi rien qu'en la regardant. C'est comme si on voyait instantanément son souvenir le plus agréable et aussi le plus horrible. Et on voit aussi douze sentiments intermédiaires.

» Sur la cinquième planète, on obtient le « don » de savoir qu'on a vécu quatre vies précédentes et on sait quelle a été notre vie sur chacune de ces quatre planètes. On peut donc choisir entre continuer à vivre sur la cinquième planète ou partir sur la sixième. Il est important de pouvoir choisir. En effet, il y a des gens qui, sachant que leur sixième vie sera meilleure, se suicident sur-le-champ ; d'autres préfèrent vivre pleinement leur cinquième vie.

Il a de nouveau marqué une pause. Il a bougé son cou à plusieurs reprises. Pour ma part, j'étais bien incapable de bouger. Si j'avais bien compris, je possédais le don que l'on n'obtient que sur la quatrième planète. Sauf que, d'après ce qu'il venait de raconter, je vivais sur la deuxième planète. Je n'y comprenais rien. Je crois qu'il savait ce que je ressentais. Il m'a souri.

— Il arrive que la nature se trompe et qu'une personne de la deuxième planète, de la première ou de la troisième reçoive un don par erreur. Quelqu'un, sur Terre, peut recevoir le don de connaître les gens. Je peux aussi vous parler de mon propre cas : en arrivant sur la troisième planète, j'ai su que j'avais déjà vécu deux vies et qu'il m'en restait encore trois.

Il a inspiré puis expiré.

— Avoir un don dans la mauvaise vie est parfois difficile à porter.

Il m'a regardé. J'en ai fait de même.

— Celle qui fut ma femme me manque depuis que je suis mort pour la deuxième fois, il y a bien des années. Quand je me suis réveillé sur cette troisième planète étrange, où il y avait des planètes pentagonales dans le ciel et de la pluie rouge, j'ai su qu'elle existait, car j'avais reçu par erreur le don de me souvenir de mes vies antérieures. Je suis alors passé de vie en vie, à toute vitesse, parce que je voulais revenir ici. Je voulais revenir à ma deuxième vie, j'avais l'intuition qu'on pouvait le faire une fois arrivé sur la sixième planète… Et c'était bel et bien le cas. Sur la sixième planète, on a le choix entre l'inconnu ou le retour à la planète de son choix. Jamais personne ne revient, tout le monde se lance dans l'inconnu, sauf moi, parce que je savais qu'elle vivait ici, qu'elle avait presque cent neuf ans et qu'elle aimait toujours se rendre, chaque jour, sur la place qu'elle aimait le plus au monde.

J'ai remarqué que, tout en nous parlant, il n'arrêtait pas de scruter la place, à la recherche de sa bien-aimée. Il n'avait pas cessé de jeter des coups d'œil à la ronde. J'ai alors compris qu'il observait chaque personne âgée qui traversait la place à pas lents, avec difficulté. Il la cherchait. Il n'avait qu'une envie : la retrouver.

La fille du Teatro Español et moi nous sommes regardés. Nous ne savions pas quoi lui dire.

Je vous jure que j'ai cru à tout ce qu'il nous disait. Elle, je ne sais pas.

— Et qu'est-ce qu'il y a après la sixième planète ? a-t-elle finalement demandé.

Il a souri.

— On ne sait pas. C'est comme pour vous, qui vous demandez ce qu'il y a après cette vie. Les planètes passent, les vies s'écoulent, mais c'est toujours la même incertitude.

C'est le seul point sur lequel je ne l'ai pas cru. J'ai eu la sensation qu'il nous mentait, qu'il savait parfaitement ce qu'il y avait après la sixième planète.

Mais, si le reste était exact, j'avais obtenu un don par erreur et lui aussi. Ça créait un lien entre nous. Il cherchait une fille ; je venais d'en rencontrer une. Ça aussi, ça créait un lien entre nous. Je venais de perdre ma mère et, quand je réalisais que je ne la reverrais jamais, ma douleur devenait insupportable. Lui, il avait perdu quelqu'un d'essentiel et il avait passé plusieurs vies à la chercher. Soudain, un doute m'a traversé l'esprit.

— Pourquoi tu n'as pas attendu qu'elle meure pour la retrouver ? Une fois morte, elle t'aurait retrouvé dans ta nouvelle vie, non ?

Cette fois, il ne m'a pas adressé le moindre regard.

— Désirer sa mort pour la retrouver en vie ? Ça, jamais.

Puis il m'a regardé.

— Tu te suiciderais, toi, pour retrouver ta mère ?

J'ai respiré profondément.

— C'est possible, tu sais ? En plus, sur chaque planète, nous avons le même visage, les mêmes traits. Mais il faut attendre deux vies pour savoir que telle ou telle personne a compté pour nous dans une vie antérieure.

Il m'a soudain fait part de plusieurs souvenirs en même temps. Des souvenirs de vie sur les six planètes sur lesquelles il avait séjourné. C'était incroyable : son visage, ses traits ne changeaient pas, et il avait toujours l'air jeune, dans ces souvenirs il n'avait pas plus de douze ans, treize tout au plus. Des souvenirs de bonheur et de tristesse dans des cadres incomparables. Des planètes de toute beauté. J'ai reçu des centaines d'images, dans le désordre. C'était dingue, je ne savais pas à quelle planète correspondait tel ou tel souvenir, je n'arrivais pas à savoir quelle émotion surpassait les autres. C'était une extase.

— Impressionnant, n'est-ce pas ? Eh bien, le vivre, c'est encore mieux.

Subitement, une image m'est revenue en mémoire : celle de la fille du Teatro Español, enfant, en train de jouer avec un chien ; une image qui n'avait rien à voir avec sa vie actuelle. Se pouvait-il que j'aie entrevu sa vie sur une autre planète, antérieure à celle-ci ? Était-ce une image de la première planète ?

J'ai posé la question à l'étranger, sans tourner autour du pot. Il a mis du temps à répondre, c'était la première fois qu'il tardait autant. Ça m'a fait peur.

— Je préfère ne pas te répondre. À moins que vous me le demandiez tous les deux, a-t-il ajouté en regardant la fille. Mais je pense qu'il vaut mieux que vous ignoriez la relation qui fut la vôtre dans votre vie antérieure, sur la première planète.

Nous nous sommes regardés sans savoir quoi dire. Je connaissais donc déjà la fille du Teatro Español ? C'est pour cette raison que j'avais perçu un souvenir d'elle dans une autre vie ? Quels liens y avait-il entre nous ? C'était pour ça que j'avais ressenti quelque chose d'aussi fort quand je l'avais vue pour la première fois ? Peut-être l'étranger le savait-il au moment où nous nous sommes rencontrés.

— Dans la salle d'interrogatoire, tu m'as dit qu'elle était importante dans ma vie. Tu as vu mes souvenirs de cette vie et de la précédente et tu as su qu'elle faisait partie de mes deux vies, n'est-ce pas ?

Il a acquiescé.

— Qui suis-je pour lui ? a-t-elle alors demandé.

L'étranger a souri.

— Dans cette vie ou dans la précédente ? Laquelle es-tu en train de vivre ? Pourquoi veux-tu que l'une interfère dans l'autre ? La vie que tu vis est ta vie actuelle.

Elle n'a pas lâché prise.

— Toi, tu as vécu toutes tes vies pour ta seconde vie, non ?

194

— Parce que j'avais cette information. Toi, tu as la chance de l'ignorer, alors profite de cette vie avec lui, et pas avec celui qu'il a été sur la première planète.

Elle n'a rien dit de plus. Moi non plus. Nous sommes restés presque vingt minutes en silence, sans savoir quoi demander ni croire.

Une légère pluie s'est mise à tomber. Elle n'était pas rouge. Je me débattais entre la peur et la passion.

Quand je pense qu'il suffisait que je m'ôte la vie pour retrouver ma mère... C'était une sacrée tentation pour une âme blessée. Savoir que cette fille avait peut-être été très proche de moi dans une autre vie était à la fois source de confusion et de curiosité.

Mais il fallait être courageux, comme disait toujours ma mère, courageux dans la vie, en amour et dans le sexe.

À la vingt-et-unième minute, la fille du Teatro Español et moi n'y tenions plus.

— Qui sommes-nous l'un pour l'autre ? avons-nous alors demandé à l'unisson.

L'étranger nous a regardés comme s'il savait que cette question était une grossière erreur et que nous la regretterions amèrement.

18.

Désexpirer et désinspirer

L'étranger savait ce que cela signifiait de répondre à cette question. C'est pour cette raison qu'il avait du mal à s'y résoudre.

Il était sur le point de le faire quand soudain il a senti une douleur dans la poitrine, un élancement terrible. Moi aussi je l'ai ressentie.

— Elle s'en est allée, a-t-il dit.

— Qui ça ? ai-je demandé.

— Elle, ma femme, elle vient de mourir.

Son visage était celui de la tristesse. Du désespoir. Je n'avais jamais vu les traits d'une personne disparaître de la sorte. Il avait perdu le sens de sa vie, son « tout ».

— Tu en es sûr ? a demandé la fille du Teatro Español.

Il a répondu que oui. Il était soudain paralysé ; je l'ai vu à bout de forces. Il n'y avait rien d'étrange à cela, s'il venait effectivement de vivre ou de s'ôter cinq vies, tout ça pour arriver ici, maintenant, à cause d'une détention de trois mois. Il venait de perdre sa raison de vivre.

— Et tu ne peux pas la rejoindre sur la troisième planète ? a insisté la fille.

— Oui, mais...

Il avait du mal à parler.

— Je ne me souviendrai de rien. J'aurai perdu mes dons et je ne saurai pas qui elle est. Je recommencerai à zéro, je reprendrai le cycle.

Je ne savais pas quoi lui dire pour lui redonner du courage. Il était totalement anéanti. Et je le comprenais ; je ressentais la même chose pour ma mère.

Je me suis dit que, si ça se trouve, sur cette troisième planète, ma mère et son épouse seraient des amies intimes. Elles seraient nées à deux jours d'intervalle et le fait d'avoir connu des personnes ayant reçu un don par erreur les rapprocherait peut-être.

— Je veux la voir, a dit l'étranger. Elle va être enterrée à Peñaranda, j'en suis sûr.

Il s'est levé et s'est dirigé vers l'une des sorties de la place. Nous étions trempés par la pluie mais il faisait une chaleur incroyable, qui nous séchait instantanément.

Je l'ai rejoint, l'ai guidé vers la voiture. Le Péruvien nous attendait.

Peñaranda n'était qu'à quarante kilomètres. Nous nous sommes mis en route.

Nous n'avons rien dit de tout le trajet. Je n'osais plus rien demander à propos de ma relation avec la fille du Teatro Español ; ce n'était pas le moment, et puis cela ne semblait désormais plus avoir d'importance.

J'ai repensé à la grande question de ma vie. Qui était mon père ? Ma mère n'avait jamais voulu me répondre et je ne lui avais jamais forcé la main. Mais je savais qu'elle tenait un journal où elle notait tout, et j'étais sûr que ce journal se trouvait dans la valise. Sauf que j'avais maintenant deux grandes questions :

200

qui avait été mon père dans ma première vie, et qui était-il dans la deuxième ?

J'ai aussi réfléchi à ce qui se passerait si toute cette histoire était révélée au grand jour. J'étais sûr que bien des gens n'y croiraient pas, mais des tas d'autres s'enthousiasmeraient à l'idée que cette vie n'en est qu'une parmi d'autres.

Qu'arriverait-il alors aux gens qui se sentent mal dans cette vie ? Ceux qui se sentent malheureux, qui n'ont pas atteint leurs objectifs ou qui vivent un calvaire parce qu'ils sont en mauvaise santé ou qu'ils ont connu des drames. Se suicideraient-ils dans l'espoir d'une vie meilleure sur une troisième planète ?

J'ignorais si l'être humain de la planète 2 était prêt à connaître cette information. J'étais soulagé de savoir que l'étranger n'avait rien dévoilé de tout ça durant les interrogatoires. Ce jour était en train de devenir un jour fuchsia.

Je n'avais aucune idée de ce que pensait la fille du Teatro Español, car elle avait les yeux presque fermés. Elle réfléchissait, visiblement.

Une fois à Peñaranda, l'étranger a guidé le Péruvien à travers les ruelles, comme s'il avait vécu là toute sa vie.

Nous sommes parvenus jusqu'à une place, la troisième place de la journée. À n'en pas douter, sa bien-aimée devait vivre ou mourir sur une place. Un immense panneau indiquait qu'elle avait été reconstruite par des prisonniers de la Guerre Civile.

Nous nous sommes arrêtés au numéro 65. Il y avait des gens devant la porte, des voisins qui avaient l'air triste. Elle devait être malade depuis un moment.

Il est descendu, nous l'avons suivi.

Il est entré dans la maison et a marché jusqu'à la deuxième porte, à l'entresol. Elle était ouverte. Il y avait d'autres voisins à l'intérieur. La nouvelle de sa mort était récente. Il est entré dans la chambre. Une vieille femme était allongée dans le lit. Elle avait l'air endormie. Il y avait des tas de gens autour d'elle.

Ils nous ont regardés d'un air étonné, mais personne n'a réagi. Tout était tellement étrange que personne n'osait faire le moindre commentaire.

Quand l'étranger l'a aperçue, il a été bouleversé. J'ai pu sentir son émotion.

— Pouvez-vous me laisser seul avec elle, s'il vous plaît ?

Personne ne s'attendait à ça. Ils n'avaient jamais vu cet inconnu et ses deux accompagnateurs.

— S'il vous plaît… Je suis un parent proche.

Alors il a montré l'immense photo qui trônait dans la pièce : celle d'un homme auquel il manquait une main et qui lui ressemblait énormément. On aurait vraiment dit que c'était lui, mais dans sa version adolescente. Les gens ont alors été convaincus du fait que cet homme était bel et bien un membre de la famille : un cousin, un petit-fils, un fils… Malgré la ressemblance évidente, personne n'aurait pu imaginer que c'était le même homme que sur la photo, mais en plus jeune.

Nous nous sommes retrouvés seuls. Il s'est assis sur le rebord du lit. Il a regardé le visage de la vieille femme et il s'est mis à pleurer.

Il a éclaté en sanglots, comme disait ma mère.

Je n'ai pas essayé de le consoler ; la fille du Teatro Español non plus.

Au bout de dix minutes, ses sanglots se sont calmés. Alors il a posé ses mains sur le visage de la femme. Soudain, une sorte d'hologramme est apparu au-dessus d'elle. On pouvait y distinguer des planètes. Des planètes étranges. C'était comme un GPS inter-planétaire.

Moi, j'ai juste reconnu la Terre et la planète de la Pluie Rouge. Les planètes bougeaient et sur l'une d'entre elles, la Terre, il y avait une lumière cligno-tante… Une âme.

Avec stupeur et émotion, nous avons vu cette âme quitter la planète 2 pour la planète 3. C'était hallu-cinant. J'ignorais qu'il était possible de voir le chemin d'une âme… ou de cette chose matérialisée par cette lumière clignotante.

— Je vais la rejoindre, nous a annoncé l'étranger en caressant le visage de la vieille femme. Même si elle ne me reconnaît pas, je suis sûr que je finirai par la retrouver. Et sinon, ce sera sur la planète suivante. Et sinon, sur la suivante encore.

Il a donné un baiser à la femme, un baiser tellement rempli de passion qu'on aurait cru que la femme allait revivre.

— Maintenant, partez, s'il vous plaît.

Il faisait probablement le bon choix, mais j'avais du mal à l'accepter.

— Tu ne veux pas attendre quelques jours ?

— Ici, rien n'est important pour moi. Et puis si je nais le même jour qu'elle, ça nous aidera peut-être à nous rencontrer.

Tout de suite après, il a pris un morceau de papier et un stylo dans le deuxième tiroir de la commode, à gauche. C'était comme s'il avait su qu'il les trouverait là. Il a écrit quelque chose et me l'a tendu.

— Voici le lien qui vous unissait sur la première planète. À vous de voir si vous voulez le lire. Je te le donne à une condition : quand tu mourras et que tu me rencontreras sur la troisième planète, si tu as encore ton don et que tu vois un souvenir qui m'appartient, si tu vois qui j'ai été, qui elle est, dis-le-moi immédiatement.

J'ai acquiescé. Si jamais je le croisais dans une autre vie, si j'avais encore mon don, je lui donnerais cette information. Pas de doute.

Je l'ai pris dans mes bras et j'ai encore une fois senti son odeur. La fille du Teatro Español lui a fait la bise.

Nous nous sommes éloignés de la chambre. Pendant ce temps, il s'est allongé à côté de la femme, dans le lit.

Ça m'a rappelé l'image de ma mère et moi dans ce gratte-ciel, mais ici la différence d'âge était encore plus importante. Peut-être que ma mère m'avait élevé, durant toutes ces années, pour que je sois capable d'accepter cette image.

Soudain j'ai senti que l'étranger cessait de respirer, que le bruit de son inspiration-expiration disparaissait. Il s'y était entraîné dans d'autres vies, pour pouvoir abandonner plus rapidement toutes ces planètes.

L'image de ces deux êtres réunis avait quelque chose de magnifique : c'était comme un rêve enfin complet.

19.

Tout ce que nous aurions pu être
toi et moi
si nous n'étions pas toi et moi

J'étais épuisé. Et elle aussi, apparemment. Nous avons aperçu une pension à quelques mètres de la maison et nous nous y sommes installés.

Nous savions qu'il ne fallait pas trop nous éloigner de l'étranger. De tout ce qui avait été sa vie.

La chambre qu'on nous avait donnée était toute petite, avec deux vieux tableaux accrochés au mur : des paysages de la région.

Le lit qui trônait au beau milieu de la chambre était très beau, du moins il m'a semblé.

J'ai regardé par la fenêtre, elle donnait sur la place. Ça m'a plu. En plus, le jour était en train de se lever. Cette nuit était en train de devenir vraiment spéciale.

Je ne savais pas quoi dire, comment commencer. Je ne savais pas si je devais déplier le papier, l'embrasser ou la peindre.

J'ai opté pour la troisième solution.

— Je peux te peindre ?

Elle a dit oui. J'ai sorti mon matériel. Je me suis mis à accomplir ce rite tellement beau et qui m'avait si souvent manqué : mélanger les couleurs. Salir pour parvenir à la beauté.

Elle s'est assise sur une chaise et m'a regardé.

— Ma mère m'a dit un jour que pour peindre le sexe il faut sentir qu'on ne le possédera jamais. On ne peut peindre que ce qu'on n'a pas, ai-je dit en la regardant. J'ai comme l'impression qu'il n'y aura jamais de sexe entre nous. Je ne saurais dire pourquoi, mais j'en ai l'intuition. Peut-être le papier nous donnera-t-il l'explication.

Elle a continué à me regarder.

— Que veux-tu que je te raconte ? m'a-t-elle demandé.

— Est-ce que tu sais danser ?

Elle a répondu par l'affirmative.

— Alors danse pour moi.

Elle s'est mise à danser, je veux dire à faire de la danse. Et, pendant qu'elle dansait, un frisson m'a parcouru le corps. Elle était d'une beauté incroyable, pleine de sensualité et de sexualité.

Tout en dansant, elle s'est rapprochée de la valise, elle l'a ouverte avec des mouvements légers et en a sorti tout ce qu'elle contenait.

Je ne pouvais pas m'arrêter de peindre. C'était comme si une force incontrôlable s'était emparée de moi. Des rouges, des verts et des jaunes mêlés à du noir, et j'obtenais des images puissantes, auxquelles je n'aurais jamais cru parvenir.

Elle a sorti les vinyles de jazz que ma mère emportait toujours avec elle, elle a sorti son album de photos de sauts… Pendant des années, ma mère avait photographié des gens en train de sauter. Elle disait que la danse et le saut faisaient tomber les masques, qu'on pouvait alors voir le vrai visage des gens. Il devait y avoir une quantité de photos là-dedans. Moi-même, j'avais sauté tant de fois pour elle !

Ses vêtements. Sa trousse de toilette, avec ses secrets et sa fragrance.

Les tableaux, mes deux tableaux sur l'enfance et la mort. Elle les avait enroulés et les transportait dans chaque hôtel, partout où elle se rendait pour une nouvelle création. J'en étais tout particulièrement ému.

Et son journal. Je savais qu'il y serait et je savais que j'y trouverais le nom de mon père. Écrit noir sur blanc, sur une des pages.

Deux secrets allaient être révélés cette nuit-là. J'en avais un dans ma poche, noté sur un bout de papier froissé, sorti du deuxième tiroir d'une commode. Et l'autre se trouvait dans le journal que tenait dans ses mains une fille qui dansait pour moi de façon spectaculaire.

La musique de ma mère avait tout inondé. Nous n'avions mis aucun disque, mais je l'entendais.

C'était incroyable : l'expérience la plus épuisante et réelle de toute ma vie.

Le tableau était terminé. Le tableau du sexe non consommé mais désiré. Et ma mère n'était pas encore arrivée, ou peut-être que si, mais dans un autre monde, pas auprès de moi.

Elle a cessé de danser et s'est allongée sur le lit. Je me suis placé à côté d'elle.

Nous n'avons rien dit. Nous respirions comme nous le faisions au théâtre. Les derniers mots de *Mort d'un commis voyageur* résonnaient en moi : « nous sommes libres… libres ». Voilà comment je me sentais auprès d'elle. C'était un moment épique.

Je me suis souvenu des seringues. J'ai senti que c'était le moment épique qu'il me fallait pour m'injecter le traitement. Je les ai sorties de ma poche. Je les lui ai montrées.

— Je n'en veux plus. Je ne veux pas que cette deuxième vie soit autrement. Et surtout, je ne veux pas arrêter de dormir, parce que je veux te trouver à côté de moi à mon réveil pendant encore long-temps. Je ne veux pas rater cette image : te voir reve-nir à la vie chaque jour.

Ne pas la voir se réveiller, c'était quelque chose que je ne pouvais pas imaginer. J'avais vu ma mère se réveiller pendant tant d'années… J'adorais dormir auprès d'elle. Après cette nuit dans le gratte-ciel, j'y avais pris goût. J'aimais sa façon de se réveiller, de revenir à la vie ; elle était d'une telle douceur. Elle me regardait, me souriait et disait : « Je suis en train de me réveiller, Marcos. » Et elle m'embrassait sur la joue.

Je crois que j'étais amoureux de ma mère.

Je n'y avais jamais vraiment réfléchi, mais je l'aimais. Et je crois qu'elle m'aimait elle aussi. De cet amour qu'elle criait haut et fort, et qui n'avait rien à voir avec le sexe.

Elle m'a tout appris sur le sexe et j'ai fini par être amoureux d'elle. Elle pensait qu'il fallait initier les enfants à l'amour, au sexe et à la vie. Je ne pourrai jamais l'en remercier. Elle a été courageuse. Elle se fichait de ce que les gens pensaient de tout ça. L'important, c'était ce qui lui semblait juste.

— Très bien, m'a dit la fille du Teatro Español. Moi non plus je n'ai pas envie de cesser de dormir. Je peux voir le tableau ?

J'ai accepté. Elle l'a pris, l'a emporté dans le lit et l'a regardé. Je crois qu'il y avait là du sexe en partie inspiré par ma mère, en partie par elle et en partie par Dani. Les trois sexes les plus importants de ma vie.

J'ai su que j'offrirais les seringues à Dani. Un jour, j'avais utilisé mon don sur lui et j'avais vu son souvenir le plus déchirant. Son père le frappait, mais ce n'était pas le plus horrible. Non, le pire, c'est que chaque nuit il faisait des cauchemars, il rêvait de son père et de ses raclées. Son père était mort mais il vivait dans ses rêves, et dans ses rêves il continuait à vouloir le frapper.

Voilà pourquoi Dani voulait ce traitement : pour le tuer. Et moi, je serais le complice de cette mort onirique. Peut-être que cela permettrait aussi à Dani de rencontrer quelqu'un et de m'oublier. Alors je le perdrais et, comme disait ma mère, quand tu perds quelque chose, même si tu n'en avais pas besoin, la douleur est terrible.

— Il est très beau, a-t-elle dit sans cesser de regarder le tableau.

J'ai souri. Je serais bien incapable de vous expliquer la teneur de cette peinture. Elle était abstraite mais en fait, si on la regardait attentivement et qu'on entrait en osmose avec elle, elle devenait très réaliste. Un peu comme le sexe, non ?

Ma mère disait que le sexe était « un rébus enveloppé de mystère au sein d'une énigme ». J'avais trouvé que c'était une très belle définition et je le lui avais dit. Elle avait ri. Ce n'était pas une définition du sexe. Pour Churchill, c'était la définition de la Russie. Nous avions ri, cette nuit-là, je ne sais plus trop où.

Nous avons brûlé le journal. Savoir qui était mon père n'avait finalement pas grande importance. Le feu, en revanche, était nécessaire. Cette chaleur était celle dont nous avions besoin, comme si c'était l'atmosphère idéale pour ce que nous allions faire.

Je lui ai tendu le papier plié. Elle était sur le point de l'ouvrir, nous allions enfin savoir qui nous avions été dans une autre vie, sur la première planète.

Elle l'a lu puis elle me l'a passé. Je l'ai lu.

Il y a eu un long silence.

Je me rappelle lui avoir dit ensuite : « Tout ce que nous aurions pu être toi et moi si nous n'étions pas toi et moi. » Elle a acquiescé.

Nous nous sommes enlacés et, lentement, nous nous sommes endormis. Je crois me souvenir que c'était la première fois que je dormais bien dans un lit qui n'était pas le mien.

Savoir qu'on ne vit qu'une part infime de l'une de nos premières vies calme et procure un grand plaisir.

J'ai pensé à ma mère. Je savais désormais pourquoi je me sentais comme ça : celle qui s'en était allée n'était pas la personne que j'avais le plus aimée, c'était celle qui m'avait le plus aimé.

Il est dur de perdre la personne qui nous a le plus aimés.

De toutes de mes forces, j'ai serré dans mes bras ma fille.

Table

Du même auteur :

LE MONDE-SOLEIL, Grasset, 2013

Le Livre de Poche s'engage pour
l'environnement en réduisant
l'empreinte carbone de ses livres.
Celle de cet exemplaire est de :

250 g éq. CO₂

PAPIER À BASE DE   Rendez-vous sur
FIBRES CERTIFIÉES   www.livredepoche-durable.fr

Composition réalisée par PCA

Achevé d'imprimer en mars 2013 en France par
CPI BRODARD ET TAUPIN
La Flèche (Sarthe)
Nº d'impression : 72517
Dépôt légal 1ʳᵉ publication : mars 2013
Librairie Générale Française
31, rue de Fleurus – 75278 Paris Cedex 06

31/6869/7